湊佳苗

反轉 リバース

王蘊潔 譯

［推薦序］

眞相未必能帶來救贖——我讀湊佳苗的《反轉》

（此推薦序涉及關鍵劇情，請務必在看完全書後再行閱讀）

「敦南新生活」部落格版主暨
讀思寫文字溝通表達力講師　Zen大

聽說記憶會騙人，並不可信。深藏在我們每個人大腦中且信以為真的記憶，只是為了我們自己的方便和需要所建構的一套「敘事」。

不信的話，可以和多年不見的高中同學聊聊往事，會發現每個人對於事件的記憶方式和感受大不相同！

記憶是根據人類的生存需要而建構或消失，完全的主觀且保護著記憶的擁有者。如果有一天，當你確信多年的記憶，因為某個外力強行介入，逼迫你翻轉修改成自己一直不願意承認的版本時，逼你面對一直不想面對的「真實」時，該如何自處？

過往我一直認為，無論黑還是白，湊佳苗的小說，總是在盡力描寫人性的黑暗幽微之後，不吝讓陽光注入，掃光黑暗。每一次讀完之後，都有種心靈獲得洗滌的潔淨感，彷彿透過故事，又更加認識且清除了某一塊人性黑暗面。

在讀到最後的最後時，我都仍然相信《反轉》也是堅持湊佳苗一貫的路線，看著作者精心鋪陳主人翁的人生細節，過著平凡無奇的無聊人生，直到某個意外降臨，被迫面對隱藏許久的黑暗，接著則是因為掀開黑暗而落入自我控訴的黑暗泥淖，正當自己奮力掙扎求生，眼見好不容易就要擺脫黑暗，光明就在不遠前方，連人生原本一直無法擺脫的噩夢都能夠甩開，連原本無法奢望再挽回的關係都將回復之際。

再一次，再一個偶然的片段資訊的插入，勾起了最不想再回想起的時刻的更深一層理解，就在眾人都將釋懷的剎那，卻將自己推入了絕望的無盡深淵。

闔上小說的瞬間，讀完了作者說完她想說的故事之後，卻有另一個故事在我的腦海中，無法喊停地上演了……

精采的故事必然充滿衝突、轉折與反差，湊佳苗的《反轉》則是處處藏著精心布局的衝突、轉折與反差，每當你覺得故事應該就這麼平順地開展下去吧，就又出現一個轉折，將故事帶上另外一條歧路。當你隨著故事越走越遠，卻赫然發現，已經被作者帶離原本的軸線，故事開展成另外一個截然不同的氛圍和樣貌，卻又是如此合理而應該！

說起來，《反轉》是一個很簡單的故事，幾個大學時代的同學與熟人，連朋友都說不上，各自人生的一些同事和家人朋友，多數時候都安分守己地過著自己的日子，直到某個事件將分散的眾人再度聚集起來，被迫面對年少時不堪回首的一段歲月。

閱讀湊佳苗的《反轉》時，腦中不自覺地一再浮現村上春樹的小說《沒有色彩的多崎作和他的巡禮之年》，故事的進展各有其精采之處，只不過對於兩位小說家都將「色彩」當成錨定故事人物的命運，以及由此所開展出來的世界觀論述之互相輝映或比較感到別有意趣。

《反轉》中充斥著故事主人翁自己的大量內心獨白，作者以細膩文字慢慢地鋪陳主角的生活，營造出主人翁的性格和行為模式，懦弱自卑而選擇自我放逐，無法在社會或公司取得足夠向上發展的立足點的平凡上班族，一個沒有人會對其人生產生興趣的普通男子，日復一日過著單調枯燥的平凡生活，最大興趣和優點是泡咖啡，再無其他值得一提之處。

沒想到，這樣一個無人在乎且自我放逐的邊緣人，心裡竟然有如此澎湃而細膩的情感，不斷反芻自己人生的片段，還隱藏著難以言說的秘密？

不，或許應該這麼說，那些表面上越不露痕跡地生活的隱形人，試圖低調過日子的人當中，肯定有不少人內心擁有渴望被理解卻難以言喻的澎湃，只是社會生活的失敗與退卻，本身的缺乏自信，令其隱匿內心的真實想法，盡可能想低調而人畜無害地活完平淡的一生。

請務必讀到最後的最後，故事的結局讓人錯愕，卻又理所當然的本該如此，讓人佩服湊佳苗在此部作品中的精心布局，也佩服作者竟能在最後的最後讓主人翁墜入絕望的無盡深淵，即便他已經如此奮力往上爬且看見亮光就在咫尺之遙。

［推薦序］

簡明敘事模式下的漫天旋風與翻轉：淺談《反轉》

暨南大學推理同好會指導老師　余小芳

日籍新銳推理作家湊佳苗作品獲獎紀錄刷新，小說改編的電視劇和電影接連上映，多家出版社在臺不斷推出譯作，顯示其創作的豐沛能量及受到市場青睞的程度。《告白》一釋出即大紅大紫，成為爭相拜讀的代表作，同名電影更有演技高竿的松隆子加持，作品暢銷盛況不容小覷，然而作者未因此自滿，反而戒慎恐懼地設定目標、努力書寫，無論是印刷品或影劇，話題討論度多年來不曾歸於平淡，廣闊的能見度揭示作者的名利雙收非屬偶然。

一九七三年生於廣島，自二〇一五年的訪臺講座中窺知，湊佳苗的創作養分奠基於自幼喜愛閱讀。中學時期與高中時代醉心於東野圭吾、宮部美幸、阿嘉莎・克莉絲蒂的著作；就讀武庫川女子大學家政系時，正好處於日本新本格派蔚為風潮之際，因而主攻有栖川有栖等推理文壇前輩們的創作。畢業後進入製衣公司的百貨部門服務，因緣際會隨著青年海外協力隊前往東加王國擔任志工，領略異地的生活風情。兩年後回到日本，先在兵庫縣淡路島上的高中家政科任職，隨後和當地居民結婚、定居，成為家庭主婦後，充分運用空檔時間寫作，從而展開筆耕生涯。

湊佳苗擅長在適中的篇幅內，描繪家庭背景、性格歧異的各式人物，並刻劃他們面對同一事件的情緒、反應，信手拈來繁複層疊的個人心理歷程與外顯行動。此源自她慣於替各個角色打造詳盡的履歷書，包含親屬關係、血型、專精的科目、喜歡吃的食物等，站在人物的立場出發，透過反覆揣摩角色心境，當他們生活的落入不幸與困頓，更能切身體會其心情衝擊且產生同理心。

《反轉》創作於二〇一五年，全書陰鬱和溫暖氣息相互交織，無論是「人物形象」、「小說氣氛」、「劇情鋪陳」或「故事謎團」，都蘊涵出乎意料的對比和逆轉。內容環繞善於沖泡咖啡、名為深瀨和久的平凡年輕上班族，其日常生活原為平靜無波，有日因女友美穗子收到一封神秘告發信，震盪了彼此的人生，隱匿於過去的秘密不得不被回溯和展開。

帶有不同「色彩」的人們，如今各自生活，從核心人物深瀨和久擴張到貌似交情不深的淺見康介、谷原康生等人，藉由告密信件和友人的不測為起始，開啟、反推回憶的片段，帶入當年一夥人駕車出遊所發生的�翻覆意外，以及關鍵人物廣澤由樹的死亡，至此才明白他們之間共持一段幽暗的記憶。相較於日復一日的寂寥，在悠閒的幸運草咖啡店內，汙點事件的陰影席捲而來，劇情自平淡轉為衝擊，具體的人物形貌和關係發展也得以迴轉。

深瀨和久想要抓住幸福選擇對女友據實以告，卻因實話實說而將到手的順遂破壞殆盡。湊佳苗啟用性格軟弱與自卑的男性角色，迫使他難以自保而對現實生活及過往事件萌生疑心，進而接觸事件關係人、家屬及過去認識廣澤的人們，一頭栽入追尋、探知真相的道路。書中鋪陳人物曾經歷的有限訊息，串聯他人不經意給予的想法，形塑新的疑點和懸疑氣氛，使得當年已成定論的事件結論又鎔鑄為全新謎團，斷章的故事得以續寫。

除了以「顏色」比擬人物特質的差異，作者更巧妙地使用食物作為書中的隱喻，如咖啡、咖哩、蜂蜜，串聯複雜的內心構圖和人際關係。伴隨篇章入戲的蜂蜜吐司、蕎麥麵、天婦羅、啤酒等，令人味蕾大開。唾手可得的餐點運行於小說篇幅內，彷彿近在咫尺的撲鼻香氣與一口口滑入喉頭的滋味，更顯平常自然。

自上班族的現實回頭探望學生時代的夢想，嘲諷且淒涼；從塵封多年的往事回推至現今的時光，遺憾又唏噓。由尋常的日常軌跡探入始料未及的結果，人物形象和關係不停重組，影響著正反氛圍的堆砌，暗黑沉痛的苦澀、充斥光明的暖意、不明所以的晦暗在頁面中交雜出現，還原實情前，全然不知驟至的感受會是衝擊性的驚愕感，抑或是如廣袤大海般的深層溫暖。本書若以色彩來比擬，大概是粉彩與灰色的交疊，灰濛濛轉為亮晃晃，透露鵝黃的當下又倏地畫面全黑，如是反覆，直至最後一刻才知曉故事的核心顏色是絢爛或黯淡。看似文字質樸、對話簡明的敘事模式，卻埋藏著宛若漫天旋風的逆轉情節與真相。這是湊佳苗不斷進化的巧筆及設計，於細節中展現不落窠臼的人性詮釋與匠心，格外雅致。

目　錄

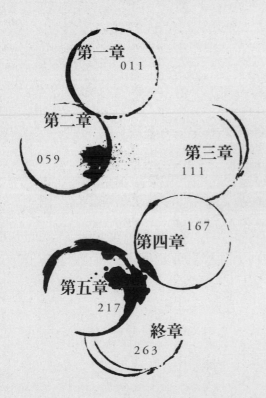

第一章

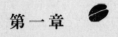

『深瀨和久是殺人兇手。』

之所以能夠勉強承受這句突然擺在我面前，讓人瞬間一槍斃命的話，也許是今天一天的生活，將以這種方式收場的預感已經在無意識之中，在內心深處漸漸萌芽。

＊

雨水打在擋風玻璃上。看著擋風玻璃上出現一滴、兩滴像一圓硬幣大的淡棕色汙漬，深瀨和久才發現，原本以為是透明的擋風玻璃，其實積了薄薄一層塵埃。接著又有幾滴雨水在擋風玻璃上打出相同的斑點，但現在還不需要啟動雨刷，應該在此之前，就能夠到達目的地。

在路邊有西服量販店和家庭餐廳的國道路口轉彎，向縣道行駛數百公尺，就可以看到神奈川縣楢崎高中的校門。這所學校是西田事務機株式會社的業務員深瀨所負責區域的老主顧之一，他把白色車身上印了藍色公司名字的車子，停在總館大門旁的訪客專用停車場。雨仍然只是滴滴答答打在擋風玻璃上，形成一個又一個汙漬的程度。他從手套箱裡拿出員工證掛在脖子上，拿起副駕駛座上的薄紙箱，單手夾在腋下跑去玄關。

進這家公司兩年三個月以來，他每週都會來楢崎高中一次，所以只要點頭打一下招呼，可以直接走過事務室，不需要停下腳步登記，就直奔位在同一棟樓的教師辦公室。上午十一點，因為正在上第三節課，所以走廊上沒有老師和學生走動的身影。時序進入七月，開始使用冷氣之後，辦公室的門窗緊閉，門上貼著「期末考試期間，禁止學生進入」的公告。

雖然深瀨是為公事登門造訪，卻好像闖空門般把手輕輕握著門把，稍稍擡起後，緩緩把門滑開，細瘦的身體迅速擠進拉開的門縫，無聲無息地關上了門。看到淺見康介坐在掛著「三年級」牌子區域最後方的辦公桌前，打電腦時輪流看著筆電和教科書。淺見是社會科的老師，深瀨站在淺見身後，看到十字軍東征幾個字，心想原來是世界史時，淺見連同椅子一起轉了過來。

「嗨，深瀨，怎麼不叫我一聲？」

「我怕打擾你。」

「你總是可以做到神不知、鬼不覺。資料夾帶來了嗎？」

一個小時前，淺見用傳真訂購了十本A4尺寸的紙製資料夾。

「因為數量不多，公司的倉庫裡剛好有，全都要粉紅色的吧？」

深瀨把手上的紙箱交給淺見，淺見放在腿上打開。

「這是暑假補習用的，只要能夠和其他科目有所區別，什麼顏色都可以。不好意思，這麼幾本資料夾，還讓你特地送來。」

「很感謝你這麼少的數量，也願意向本公司訂購。」

淺見從紙箱裡拿出發票。一本資料夾七十圓，含稅總計七百五十六圓。不需要特地向開車單程就四十分鐘的公司訂購，只要走去離學校十分鐘的超市，就可以在百圓商品區，以一百圓三本的價格，買到具有相同功能的商品。如果懶得出門購買，可以在平價文具網站訂購，隔天就會送貨上門。學校向來不會動腦筋節省開支。

之前曾經聽淺見說，有些家長抨擊他和特定業者勾結。當時，深瀨無言以對。因為平時他在工作時，也經常納悶淺見為什麼要向公司訂購這些文具，但淺見不等深瀨回答，就繼續說了下去。

——百圓商店和UNIQLO這種地方，是為個人消費者而存在。什麼勾結啊？可見那些人根本沒有想過，公所和學校這種公家機關，必須發揮保護本地公司和商家的功能，需要彼此相互扶持。

原來如此。聽了淺見的話，深瀨深刻體會到，原本以為只有公務員是靠稅金吃飯，原來在小公司工作的自己，也因為社會上這些不成文的默契，才能得以生存。

「那我就先走了，有什麼需要，請隨時吩咐。」

筆電的螢幕剛好啟動螢幕保護程式。

「好。」淺見也舉起一隻手，把紙箱放在腳下，把椅子轉向面對桌子。

「對了，」快走到門口時，聽到淺見叫了一聲，深瀨轉過頭。

「最近什麼時候有空？村井說，大家好久沒見面了，找個時間一起喝酒，他也很想見你。」

「喔喔。」深瀨笑著回答，但他沒有自信自己是否確實發出了聲音，也不知道臉上是否真的帶著笑容。每次聚會都是村井提出邀約，但村井不可能主動提到自己的名字。上次見面是一年之前，而且並不是很愉快。可能是淺見提到偶爾會和自己在學校見面的關係，淺見應該也不是真心邀約自己。

深瀨滴酒不沾。

來到走廊上，發現雨下大了。

「西田先生，你來得正好。」

一個女老師從教室辦公室旁的印刷室探出頭。她是今年四月來這個學校任職的國文老師木田瑞希。深瀨曾經多次為她送資料夾和書法用品，但她每次都用公司的名字叫深瀨，深瀨也懶得糾正她。

「有什麼事嗎？」

「印刷機出現了奇怪的標示。」

走進印刷室，深瀨順著木田手指的方向一看，看到了數位印刷機顯示的畫面。每次都是這樣。深瀨強忍住嘆息。印刷機根本沒有任何問題。

「這是需要更換版紙的信息。」

「版紙？」

「就是用作印版的捲筒紙。」

「是嗎？這個要自己更換嗎？」

「我現在來更換，請妳看著。很簡單，一下子就學會了。」

深瀨從放在印刷機旁的小型紙箱內拿出新的版紙，打開印刷機的蓋子。木田說了聲：「不好意思。」站在旁邊探頭看著深瀨的手。「沒關係。」深瀨笑著回答。今天並不是因為印刷機的問題來這所學校，之前不止一次接到電話，說印刷機壞了，希望可以火速趕到。結果飛車趕到之後，發現只是需要更換版紙和墨輪，或是紙卡住而已。

「對了……」

木田湊近一步，和正在更換版紙的深瀨四目相接。他並沒有期待木田可能會向自己表白。十五歲之前，他就放棄了這種樂觀的想像力。

「請問你和淺見老師很熟嗎？」

果然不出所料。深瀨低頭看著自己的手回答說：

「他是我大學同學，我們參加同一個研討小組。」

「是喔……」

深瀨想像著她未說完的話。你從這麼好的大學畢業，竟然在這麼不起眼的公司上班。但是，木田嫣然一笑後並沒有這麼說，只是繼續縮短和深瀨之間的距離。

「淺見老師有女朋友嗎？」

深瀨擡起頭，發現木田的臉頰通紅。

「不是啦，因為最近學生都在議論，說看到他和女人單獨在一起……有學生直接問了淺見老師，他說只是普通朋友，但是，你說呢？真的嗎？」

深瀨沒有看木田的臉，把印刷機的蓋子蓋了起來，表示已經換好了。然後順便清空了退版盒，也確認了備用的墨輪。數量還很充足。

「我不太瞭解他的私事，也沒聽說這件事，我們平時都聊工作的事，他從學生時代開始，就一直說想要成為一位真正的教師。」

「是啊，他工作的態度的確和其他老師不一樣。啊，我不應該說這種話，但你們不愧是朋友。」

我們並不是朋友，只是剛好四年級時，參加了同一個研討小組而已。在此之前，雖然是同系，卻從來沒有說過話，他可能甚至不知道我叫什麼名字。

「那就先這樣，如果遇到任何問題，歡迎隨時和我聯絡。」

木田似乎還想打聽什麼，深瀨立刻轉身，快步走出印刷室。淺見也剛好從辦公室走出來，他似乎完成了考卷或是教材講義，手上拿了幾張A4尺寸的影印紙。

「你怎麼還在這裡？」

「剛才在處理印刷機，現在要回去了。」

雖然沒有做任何虧心事，但對剛才在淺見背後談論他學生時代的事，產生了一絲罪惡感，深瀨忍不住將視線移向窗外。雨越來越大，淺見也看著相同的方向。

「小心啊。」

深瀨看向淺見，淺見手上拿著紙，做出了開車的動作。

「聽說颱風快來了。」

「謝謝。對了，代我向村井問好，只要是週末，我都沒問題。」

這次終於能夠坦誠地回答。既然看到外面在下雨，都想到了同一件事，可見淺見是朋友。不，應該說是夥伴。在最近提議找以前同一個研討小組的成員辦同學會的村井應該也是。

雨越下越大，整個街道的風景都變成了一片灰色，但電臺仍然沒有播報發布颱風警報的消息。即使發布了警報，工作也不能做到一半就下班。電臺配合暑假專題，播放著輕快的音樂，和戶外的天氣形成鮮明的對比。即使把雨刷開到最大，視野仍然很差，握著方向盤的手忍不住比平時更用力，但他還是老神在在，不由得想像起剛才淺見走進印刷室後，木田不知道會露出怎樣的表情。

話說回來，淺見到底有沒有女朋友？

雖然深瀨知道淺見的手機和郵件信箱，但從來沒有用來和他聯絡。當公司接到訂單，深瀨上門送貨時，如果淺見剛好有空，就會主動邀約，問他要不要喝咖啡，所以偶爾會在升學輔導室等接待客人的地方面對面喝咖啡，但從來沒有聊過女朋友的事。

淺見來到楢崎高中任職的第一年，還是個菜鳥老師時，就擔任了一年級班導師。或許意識到還是上班時間的關係，每次他都只是把當時遇到的問題告訴深瀨而已。隨著學生升級，如今他擔任三年級的班導師，情況仍然沒有改變。聽說暑假也是淺見主動為學生補習。

淺見並不是找深瀨商量，只是藉由說出腦袋裡的想法後加以整理，然後再度說出整理後得出的結論加以確認。說話的對象並不是非深瀨不可，但之所以會找深瀨聊這些事，很可能在職場以外，並沒有可以傾訴工作煩惱的對象。

由此可見，他沒有女朋友。連朋友都沒有？

太高估自己了。深瀨輕輕搖了搖頭。難道以為別人需要自己嗎？只有像自己這種人，才會覺得藏在內心深處的話，只能說給最重要的那個人聽。像淺見那樣的人，即使不需要採取主動，周圍隨時都會有很多朋友。想要傾訴時，不管出現在他面前的是誰，都能夠毫無抵抗地展現一部分的內心世界。

正因為如此，即使深瀨和淺見只是參加了同一個研討小組的關係，也瞭解他對高中老師這個職業的熱忱。

包括深瀨在內，總共有五名學生參加了明教大學經濟學院經濟系山本教授的研討小組。和理科系的研討小組不同，不需要每天出席，每個學生也有不同的研究課題。因此，從學年度初期開始，大家就因為打工或是拜訪公司等各種因素，幾乎很少全員到齊。在五月連假結束後的某一天，研究室內剛好只有深瀨和淺見兩個人。他們在各自的座位上使用筆電，淺見先開了口。

——深瀨，你真的很認真，連教授不來的日子也會來研究室。

——你不是也一樣嗎？

——我是因為下週要開始教育實習。

之前大家都在的時候，曾經聽他提過，要去母校的高中實習兩週。

——對喔。淺見，你不申請任何一家公司嗎？

深瀨之所以會這麼問，是因為他申請了三家都市銀行，都已經通過了第一階段的考試。回想起來，那也許是他至今為止的人生中最充滿自信、最燦爛的時期。

——我只想投入教職。

淺見語氣堅定、毫不猶豫地說。深瀨所屬的研討小組有五個學生，其中三個學生算是活潑型，另外兩個學生算文靜型。淺見雖然屬於活潑組，但在三個人中，相對比較沉默，每次都是面帶微笑地看著另外兩個人喧鬧，但並不是遭到排斥，感覺是受到信賴的老大。雖然當時深瀨只是「喔」了一聲，並沒有繼續追問他未來的打算，但淺見主動說出了他以教職為目標的理由。

淺見的父親在高中擔任教師，但他並不是從小就崇拜父親，相反地，他當時覺得無論如何，都不想當老師。因為父親每天都晚歸，而且擔任棒球隊顧問，雖然任職的學校並不是有機會打進甲子園的棒球強校，但每逢假日，就早出晚歸地指導棒球隊練習。遇到中元節或是新年這些難得的假日，即使全家一起出門旅行，也不止一次發生接到班上學生因為偷竊遭到輔導的通知，就丟下家人獨自先離開的情況。

父親不照顧家人，總是以人生中，只有短短數年交集的學生為優先。他曾經一度蔑視這樣的父親。

——我爸活著的時候，我從來沒有尊敬過他。

淺見的父親在他進入大學那一年秋天去世，雖然在非假日舉行葬禮，但前來弔唁的賓客擠到了葬禮會場外。所有人都是父親的學生，每個人都用力地向淺見和他母親訴說著對恩師的回憶。

——雖然我並不瞭解那些事，但可以清楚看到父親在他們回憶中的身影。我覺得人生是好是壞，只有死了之後才知道。能夠讓多少人覺得很慶幸遇到這個人，決定了人生在世的意義和價值。所以，我想要和很多人產生交集，像我爸一樣，成為真正的教師，在別人人生的不同瞬間，全心全意地陪伴，留下我曾經活在世上的證明。

深瀨當時應該只是傻傻地「喔」了一聲。因為他被淺見的氣勢嚇到，什麼話都說不出來。

——不好意思，因為我剛好在填寫教育實習日誌的志願動機，所以對你長篇大論。

淺見靦腆地聳了聳肩，笑了起來。深瀨非但說不出什麼中聽的話，還讓淺見必須自找臺階下，他覺得很丟臉，於是站起身說：「我來泡咖啡。」研究室角落有茶水區，放了快煮壺、咖啡機，和各自帶來的杯子。

——雖然是同樣的咖啡豆和機器，深瀨，你泡的咖啡就是特別好喝。

雖然很不習慣別人稱讚自己，但只有這件事是例外。深瀨在泡咖啡時哼著歌，之後又繼續聊了一下，但並沒有再提起畢業後的出路。

當時……深瀨用力握著方向盤。

他感到呼吸困難，這才發現脖子上仍然掛著員工證，而且繩子捲成了螺旋狀，不知道是不是在印刷室忙碌時攪在一起了。但是，他很清楚，不光是這個原因而已。自己到底在幹什麼？對方只訂了十本資料夾，就花時間特地送上門，還更換了印刷機的版紙。這是誰都能夠勝任的工作，這家公司根本是靠人情在做生意。

早知道當時應該向淺見談論自己的未來。雖然他對銀行員這個職業的熱情無法和淺見相提並論，但也許在和別人談論的過程中，能夠從模糊的生涯規劃裡，找到所謂的核心價值。也許可以想得更簡單些，至少可以作為面試的練習。如此一來，也許有機會獲得其中一家銀行的內定。

也許、也許、也許。

絕對不要說這句話。在沒有人生目標的日子中，這是唯一下定決心的事。但這兩個字始終在腦海中盤旋，揮之不去。

不行、不行。他趁等紅燈時，從手套箱裡拿出口香糖的盒子，打開蓋子後，隨手在仰起的嘴巴上方搖了搖，然後把倒進嘴裡的口香糖咀嚼在一起。

因為下雨的關係，所以才會出現這些負面思考。但是，再好好思考一下。深瀨對自己說。

目前的我並沒有不幸，相反地，不是和大家一樣，終於得到了幸福嗎？

他把收音機的音量調大，想要淹沒雨聲。是柚子的〈夏色〉。收音機裡播放這麼歡快的音樂，自己到底在沮喪什麼？他隨著音樂的節奏咀嚼著口香糖，美穗子的臉浮現在腦海中，宛如陽光從雲間露出了臉。中元節時，邀她一起去旅行吧。交往至今已經三個月，差不多可以進入這樣的關係了。去哪裡呢？沖繩、北海道，夏威夷的話太貴了……

「接下來播放幾首西洋音樂。說到夏天，當然要聽這首！」

收音機內傳來熟悉的前奏，但他想不起歌手，也想不起歌曲的名字。雖然他對西洋歌曲不太熟，但曾經多次在車上聽過這首歌曲。

那一天……喜歡西洋音樂的谷原編輯的MD中，第一首就是這首曲子。

——谷原夏季特別專輯！

谷原說完，在副駕駛座上引吭高歌起來。坐在駕駛座上的淺見一臉受不了地抱怨說，你夠了沒有？

——幹嘛？我是擔心你想睡覺，特別炒熱一下氣氛。來，大家一起唱。

谷原回頭看著後車座說道。我對西洋音樂一竅不通。深瀨對坐在旁邊的廣澤嘀咕道。沒想到廣澤說，這首歌曲應該沒問題，還告訴了他歌手和歌曲的名字，說之前在英語課時聽過。

是海灘男孩的〈Surfin' U. S. A.〉。

西田事務機株式會社專營辦公事務機器和辦公家具的銷售、租賃及維修，同時銷售辦公用品。深瀨回到公司後，正在看帳冊的小山部長擡起頭對他說：「我正在等你。」只要看小山和其他同事的表情，就知道不是工作的事。在這家有十八名員工的公司內，只有董事長有專用的辦公室，其他員工的辦公桌都在同一間大辦公室內。深瀨進公司三年，仍然是全公司最年輕的員工，前輩同事對他的期待只有一件事。

那就是泡咖啡。但他並不是使用特殊的機器。深瀨進公司那一年換的新咖啡機在家電量販店的售價不到五千圓，放在茶水區的中央，咖啡豆卻是深瀨帶來的。他購買了烘焙好的咖啡豆，在泡咖啡之前，用他自己帶來的手工磨豆機磨碎。原本只是泡給自己喝，但可以煮十杯的咖啡機多煮幾杯時，比只煮一杯更好喝，於是就問其他同事要不要喝，久而久之，所有同事都開始期待深瀨的咖啡。如今，深瀨每天為來公司上班的同事煮一次咖啡，已經成為不成文的規定。

他之前曾經提議，一杯一百圓，他用這些錢去買咖啡豆，大家想喝的時候可以自由取用。只不過咖啡豆的種類和烘焙程度不同時，磨豆的方式也不同，所以大部分人認為，外行人使用高價的咖啡豆根本是浪費，最後決定深瀨不在的時候，就用量販店買的那種普通的咖啡豆。

因此，像今天這樣上午就出去跑業務，一回到公司後，就會受到熱烈的歡迎。深瀨還來不及喘口氣，就馬上走回自己的座位，從抽屜裡拿出裝了咖啡豆的袋子和磨豆機，嘎啦嘎啦開始磨咖啡豆，辦公室內頓時瀰漫著咖啡的香氣。

「今天是我這個星期第一次喝，是哪裡的咖啡豆？」

小山在自己的座位上大聲說道，言下之意就是暗示其他人，他第一輪就要喝到。

「肯亞，特徵是有橘子和純巧克力般的風味，和其他咖啡豆相比，算是深焙豆，所以可以強烈感受到苦味。」

「喔，是我喜歡的味道。」

「我喜歡上次的咖啡豆，那是哪裡的？」

坐在深瀨對面的女同事也加入了討論。

「是瓜地馬拉。」深瀨還沒有開口，坐在他旁邊的同事回答說。「深瀨，那種豆子有桃子的香味，對不對？」辦公室的同事以深瀨為中心開始聊天。人群的中心。這是他有生以來，第一次有這樣的經驗。

當初討論後決定，想喝咖啡的人，把咖啡錢投入咖啡機旁的撲滿內，所以並沒有做生意的感覺，也不需要向大家報告咖啡豆的價格。以預算來說，購買低一個等級的綜合咖啡豆才符合成本，而且即使是綜合咖啡豆，品質也比量販店最高級的豆子高了好幾個等級。但他每週都會購買不同種類的高級咖啡豆，就是為了能夠成為眾人的中心，哪怕一天之中只有短短的幾分鐘而已。

即使他禮讓其他前輩同事，請他們先喝，但每次都是等深瀨把第一輪的第一杯倒進自己的杯子後，大家才開始排隊。這件事也讓他感到滿足。

雖然這稱不上什麼值得驕傲的優點，但至少因此讓自己有了立足之地。

有人因為深瀨的行為感到高興。

雖然這樣的人並不多，在踏入社會之前，也有人為此感到高興。包括教授在內，所有研討小組的人都表示稱讚，但只有一個人稱讚說，深瀨泡的咖啡，比他以前喝過的任何咖啡都好喝。

如果可以忘得一乾二淨，不知道會有多輕鬆。無數個夜晚，讓深瀨抓著頭懊惱的可怕往事，總是不經意地在腦海中緩緩浮現，但在喝咖啡時，可以稍微緩和一些，但也同時感受到無力。原來自己只能做到那種程度的事。

早知如此，至少要用更好的咖啡豆泡咖啡。

深瀨在進入「西田」任職的同時，搬進了珍珠公寓。三坪大的套房附有浴室，房租六萬圓。學生時代住的公寓格局相同，房租只要四萬圓，而且只要搭一班地鐵就可以到公司，但是，他希望用肉眼可以看到的明確方式和學生時代訣別，所以最後搬了家。家具和冰箱等家電幾乎都直接使用以前的，所以有許多讓他回想起學生時代的要素，但還是能夠藉此告訴自己，再也回不去當年了。

目前的公寓只要搭一班私鐵就可以到公司，只不過走路到車站要二十分鐘，繼高中時代之後，深瀨再度騎腳踏車通勤，但下雨的日子只能走路。

深瀨是在進公司三個月左右，發現了幸運草咖啡店。那天從早上就開始下雨，天氣預報說，傍晚雨就會停，但他準時下班，回到住家附近的車站時，雨還在下，而且完全沒有變小。他在車站前的吉野家吃完晚餐時，雨才終於停了。他沒有撐雨傘，穿越車站前的商店街，走向位在密密麻麻建造了很多房子的住宅區內的公寓，但即將走到住宅區時，雨滴再度打在臉上。

他停下腳步，正在思考到底要不要撐傘，突然看到小路深處有一塊不大的木頭看板。天色已黑，但在淡淡的路燈下，仍然可以看到用片假名寫著「幸運草咖啡」的店名下方，用小一號的字體寫著「咖啡豆專賣店」幾個字。

原來這裡有這家店。深瀨毫不猶豫地走了過去。雖然他對泡咖啡很有自信，總是視自己的經濟狀況，盡可能購買好的咖啡豆，但通常都是在超市購買。原本覺得自己找到了有賣藍山咖啡豆的店，自認為對咖啡豆很講究……沒想到還有咖啡豆專賣店。

那家店只是將普通住宅一樓的一部分改裝成玻璃帷幕的店家而已，如果沒有招牌，會以為是對園藝頗講究的普通民宅。他甚至懷疑那裡並不是店家，還在四周張望了一下，尋找有沒有更像店家的建築物。如果在學生時代，他一定會遲疑不決，但如今逐漸適應了跑業務的工作，所以踏進那家店並不需要太大的勇氣，覺得至少比上門推銷輕鬆。

拉開木製的門，發出「噹啷」的聲音，而且立刻傳來一個很有精神的招呼聲：「歡迎光臨。」讓人以為走進了蕎麥麵店。一個年齡介於深瀨和他父母之間的女人站在門旁的收銀臺後方。

雖然店員的招呼聲很有精神，但整家店的裝潢走鄉村風格的低調路線。感覺像是手工製作的木製貨架上，每層放了三個單手很難拿起的大玻璃瓶，總共有十二個，玻璃瓶內裝著烘焙過的咖啡豆。貨架的空位上，擺放著身穿五彩繽紛的斗篷的男人和驢子等令人聯想到中南美的雜貨公仔作為裝飾，很有咖啡豆專賣店的感覺。

每個玻璃瓶旁都放著手寫的廣告牌。幸運草綜合豆、義大利綜合豆、冰咖啡綜合豆。深瀨大致可以想像這些咖啡豆的種類，如果是超市的咖啡豆櫃位，接下來就會看到吉力馬札羅、摩卡、藍山，但這裡完全看不到這些知名品種的咖啡豆。

只有瓜地馬拉、尼加拉瓜、哥斯大黎加、薩爾瓦多、巴西、宏都拉斯、秘魯等中南美洲的國家名字，還有肯亞、印尼等其他地區的國家名字。在國名品種的手寫廣告牌上，分別寫著「南國之花、桃子風味」、「哈密瓜、芒果風味」、「黑櫻桃、覆盆子風味」之類的說明內容，但深瀨完全沒有概念。

咖啡怎麼會有花和水果的風味？雖然可以直接問店員，但事情沒那麼簡單。深瀨很清楚自己，如果能夠做到不懂就問，做不到的事情就拒絕，或許可以活得更輕鬆。

那就買綜合咖啡豆吧。他暗自這麼打算。

——這位先生，你是第一次來本店吧？如果有時間，要不要去裡面試喝一下？

他順著店員手指的方向看去，發現貨架後方有一條通道，但裡面到底是店面，還是住家？深瀨愣在原地，店員從櫃檯內走出來說：「請走這裡。」為他帶路。通道盡頭的房間內放著烘焙機和大麻袋，隔壁是喝咖啡專用的房間。空間很狹小，木製的吧檯前只放了六張椅子。吧檯內有一個年紀和店員相仿的男人。原來他是老闆，店員是他太太。老闆娘告訴我說，今年春天他辭職後，他們夫妻一起開了這家店。

——我也是今年春天開始工作後，搬到這附近。

深瀨覺得這是一種緣分，很自然地這麼告訴他們。

——所以，我們算是同期出道的。啊呀，這樣感覺好像是偶像。

——有沒有你喜歡的咖啡豆？

老闆不像老闆娘那麼健談，說話時，慢慢地吐出一個一個單字，速度也只有老闆娘的一半。深瀨對他產生了親近感。從老闆的談話中得知，咖啡豆都是他親自前往世界各地的咖啡豆產地嚴格挑選後買回來的。

——原本只是興趣，結果一發不可收拾，就做了蠢事。

老闆抓著頭，自嘲地說道，但聽到深瀨語帶佩服地說：「太厲害了！」立刻雙眼發亮，得意地問他：「想不想聽有關咖啡的事？」深瀨點了點頭，老闆說：「那就從我最初去的宏都拉斯開始。」然後請太太去販賣區拿來了咖啡豆，用德國產的機器精心沖煮了一杯濃縮咖啡。

——好喝，真好喝！

清新的酸味在嘴裡擴散，隨即滲出淡淡的甜味。老闆向他說明是「藍莓和巧克力風味」，他才恍然大悟，原來是這麼一回事，但他覺得味道更深沉，口感更醇厚，好像是熟成後的葡萄酒。

深瀨結結巴巴地說出了自己的想法時，發現了自己的詞彙貧乏，不由得暗自心焦。說得越多，聽起來越虛假，但老闆高興地不時附和，「對不對？」、「沒錯」、「的確是你說的這種味道」。

最後，那天直到深夜十二點過後才離開那家店。雖然從第二杯之後，就換成了小咖啡杯，但總共喝了十二杯咖啡，喝遍了所有的種類。結帳時，老闆說只收一杯咖啡的錢，雙方尷尬地各持己見了一番，但最後還是深瀨屈服了。老闆看起來很文靜，沒想到很不容易對付。而且一杯才三百圓。不同種類的咖啡豆售價不同，每一百公克從五百圓到兩千圓不等，但在飲用區，無論挑選哪一種咖啡豆，價格都相同。

——雖然我對咖啡豆很有自信，但還在學習怎麼做生意。

自己的技術和老闆有著天壤之別。深瀨並沒有因此感到挫敗，反而對開拓了一個新的世界感到舒服自在。看到已經收進販賣櫃檯內的看板，得知晚上九點就應該打烊了，他對送他到門口的老闆娘深深鞠了一躬。

——不必擔心，歡迎你改天再來坐坐。

啊，太開心了！走出門外，他擡起頭深呼吸，看到了滿天的星空。

翌日，他就以忘了帶傘回家的藉口再度上門，之後每天下班都會去坐一坐。

雖然他不好意思說，自己有了私房咖啡店，但因為有了這樣的地方，讓深瀨的日常生活也和那家店的咖啡一樣，變得又濃醇又深奧，而且充滿香氣。

「深瀨，你早餐都吃麵包嗎？」

深瀨坐在吧檯最深處的固定座位，怔怔地喝著咖啡時，老闆娘在吧檯內問道。

「算是吃麵包吧，但其實通常只喝咖啡而已。」

「那怎麼行？你還年輕，早餐一定要吃飽，不是需要糖分嗎？」

「但我早晨喝咖啡時，會同時加很多砂糖和牛奶。」

在這家店時，為了能夠充分欣賞咖啡豆本身的風味，所以都喝黑咖啡。

「所以你不怕甜，那……」

老闆娘咚的一聲，把一個手掌可以握住的小瓶子放在吧檯上，裡面裝了好像玳瑁糖般淡黃色的濃稠液體。

「這是蜂蜜，你願不願意收下？這是我娘家的父親自家產的蜂蜜。」

老闆娘的父親在退休後，和附近的朋友一起開始養蜂。養蜂的成員幾乎都是農民，大家把蜂巢箱放在自家的庭院或農田裡，一定期間後，再把蜂巢箱集合在一起。

「去年收成的量很少，大家做了鬆餅，在上面淋了幾滴蜂蜜之後就沒了，但今年好像大豐收，家裡寄來了五瓶。不必特地做鬆餅，加在吐司上也很好吃，要記得先抹一些奶油。」

「是喔……」深瀨拿起瓶子，濃稠的蜂蜜表面搖晃了一下。原來外行人也可以做出這麼透明的蜂蜜，只要貼上商標，完全可以作為商品出售。

「你試試……」老闆娘的話說到一半，門鈴響了，她慌忙走去販賣區。老闆上週出國採購咖啡豆，聽說這次要去肯亞、坦尚尼亞等非洲國家。昨天老闆娘給深瀨看了照片，老闆站在咖啡園前，黝黑的臉上露出滿滿的笑容。

深瀨把蜂蜜瓶放在吧檯上。

現在流行養蜂嗎？話說回來，裝蜂蜜的容器簡直和身體的大小成比例……

——我老家寄來的，你知道要怎麼吃嗎？

大學四年級，六月初旬的某天晚上，廣澤帶著一大瓶蜂蜜來深瀨的公寓。廣澤來深瀨家時，偶爾會帶零食或是外帶的牛丼，這一天手上的超市塑膠袋把手因為重量拉得很長，幾乎快扯斷了。

咚。廣澤把從塑膠袋裡拿出來的東西放在如今只當成普通桌子使用的暖爐桌上，發出沉悶的聲音。琥珀色的濃稠液體在幾乎可以裝一年份酸梅的巨大瓶子內裝了差不多九分滿。

——我家大伯在養蜂，雖然我喜歡吃甜食，但寄那麼多來也很傷腦筋，到底要怎麼吃啊？真希望我媽稍微動點腦筋，送你好嗎？

那瓶蜂蜜的重量很驚人，如果因為客套而拒絕，反而很對不起他。

——雖然我不知道要怎麼吃，但先裝在保鮮盒裡。是不是要去百圓商店買幾個回來？

——不用，這整瓶都送給你。

廣澤說，他家裡還有兩大瓶。雖然深瀨第一次聽到廣澤抱怨，但如果自己遇到相同的事，應該會有更多埋怨。

——等一下再來思考要怎麼消耗這些蜂蜜，我先來泡咖啡。

這是廣澤來深瀨家裡的習慣。每次都一邊喝咖啡，一邊看電視上的綜藝節目，或是看在附近出租店借來的電影ＤＶＤ，廣澤偶爾也會帶落語的ＤＶＤ來看。

深瀨不知道這是不是和同性友人相處的正確方法。之前他並不完全是沒有朋友，雖然中學時，曾經發生過班上同學一個月不理他的事，但並沒有遭到更進一步的惡整。只不過他從小學時代開始，就從來沒有任何可以稱為好朋友的朋友，如果需要說出五個朋友的名字，應該會有三個人寫深瀨的名字。但如果只要寫一個朋友，應該沒有人會寫深瀨。深瀨覺得是自己唯一朋友的對象，可能在列舉五個朋友時，也不會提到深瀨的名字。

他一直覺得這是世界上最羞恥的事。雖然從來沒有人說過，但他覺得朋友的人數決定了一個人的素質。到底有多少人喜歡自己？信任自己？並不是人數越多越好，也不是任何人都可以。必須是素質高的朋友，必須是讓周圍的人露出羨慕眼神的人。

然而，在隱約意識到這件事的小學時代，深瀨身邊並沒有朋友。他很快就知道了原因，因為他不擅長運動，也不是出口就能搞笑的人。課間休息時間，從來沒有同學來找他，是因為他都在看書。但是，沒必要犧牲看書的時間和那些腦袋不靈光的傢伙相處。他這麼告訴自己，卻忍不住不時瞥向那些熱鬧聊天的同學。

原本期待上了中學後，其他同學會對功課好的人刮目相看，但他發現在教室內放聲大笑的還是小學時代的那些人。這也是無可奈何的事，因為大家根本不想知道誰才是優秀的人，也沒有機會知道。深瀨就讀的中學向來不公布考試的分數，在他父母那個年代，都會把成績貼在走廊上，如果自己生在那個時代，也許會有不同的境遇。深瀨用書本遮住了臉，忍不住詛咒所謂的「寬鬆教育」，但偶爾也會有同學對他說，這個作者的書很有趣。雖然他也結交了可以相互借書，放學後一起逛書店的朋友，但他從來不覺得和這些朋友一起相處的學校是一個愉快的地方。

他決定進入高中後，充分發揮真正的實力。以他的成績，可以輕鬆進入當地錄取分數最高的私立升學學校。但是，他的父親在他中學二年級的暑假被發現罹患了癌症，開始了和疾病搏鬥的生活。在食品加工廠工作的父親雖然沒有遭到裁員，但公司也無法在他停職期間支付薪水。在這種情況下，他無法向父母提出想讀私立高中的要求，最後就讀了住家附近的一所公立高中。雖然多少篩掉了一些笨蛋，但同一所中學有三分之一的同學都進入了那所高中，所以他在這些同學中的地位也不可能有太大的變化。

必須離開這個鄉下城鎮，才能夠活出自己。

父親手術成功，順利回到職場後，他的生活重心並沒有放在充實高中生活上，而是以考上大城市更好的大學為目標。他完全不在意別人為他貼上「無聊的傢伙」這種標籤。真正的我和你們不一樣。他好像在唸咒語般不斷告訴自己，最後拿著明教大學的錄取通知書，離開了那個鄉下城鎮，沒有把新的住址留給任何一個高中同學。

廣澤由樹是他在這片新天地終於結交到的人生第一個好朋友。

「對不起，啪嗒啪嗒地跑來跑去。」

如老闆娘所說，她小跑著回來時，腳上的橡膠拖鞋發出了啪嗒啪嗒的聲音。她已經為深瀨沖泡了剛才點的咖啡，所以深瀨覺得自己獨自坐在那裡也沒問題，但老闆娘的人品，讓她無法這麼做。

「呃，我們剛才說到哪裡？對了，蜂蜜。」

老闆娘從貨架上拿出另外一小瓶蜂蜜。

「要倒在盤子上？還是你直接用湯匙舀來吃？」

「要不要試試加進咖啡？」

「妙計！為什麼我都沒想到？深瀨，真是好主意！」

老闆娘拍了一下手。

——要不要加進咖啡試試？

最初是廣澤這麼提議，但深瀨並沒有像老闆娘那樣立刻表示贊同。因為他擔心蜂蜜的香味會蓋過咖啡的香氣，破壞咖啡的味道，甚至一度懷疑，廣澤並沒有像他嘴上說的那麼愛喝咖啡。

——聽說這樣很好喝……這是我媽說的，不知道值不值得相信。

既然這樣，那就試一杯。深瀨決定試試看。

老闆娘伸長脖子，低頭看著深瀨的杯子。杯子已經空了。

「還能再喝一杯嗎？」

自己的胃當然還喝得下，還是說，老闆娘問的是時間？他看了手錶。傍晚六點四十分。距離約會時間還有二十分鐘。

「沒問題啊。」

「那就再來一杯。」老闆娘收走了空杯子。

「要加其他東西時，是不是用綜合咖啡比較好？」

「贊成。」

老闆娘從貨架上拿了幸運草綜合咖啡豆的瓶子，把兩杯份的咖啡豆放進了電動磨豆機。接著把剛磨好的豆子放進濃縮咖啡機裡。隨著嗡嗡的低鳴聲，濃醇的咖啡滴入杯子中，再加入熱水就完成了。

熟悉的清淨濃醇香氣刺激著鼻腔。光是這樣就很好喝了。正當他有點動搖時，只聽到咚的一聲，一股濃醇的甜蜜香味擴散。

「你先請。」老闆娘遞上瓶子，深瀨用小茶匙舀了一匙放進杯子，緩緩攪動杯底。

「一匙就夠了嗎？」

「我一匙就夠了，但如果想要一茶匙砂糖的甜度，就需要三匙。」

「你簡直就是蜂蜜專家嘛。」

這也是廣澤發現的。老闆娘加了三茶匙，快速地攪動起來。和廣澤一樣。深瀨想起了廣澤的大手。

今天應該就是這種日子。

他喝著咖啡，鼻腔內是滿滿的咖啡香氣。因為剛才聽老闆娘說，她娘家的蜂巢箱都放在庭院裡，所以覺得嘴裡滿是綻放在原野的花香。咖啡和蜂蜜的氣味和口感都完美地融為一體，完全沒有絲毫不協調，如果在不知情的情況下，老闆娘說這是新品種的咖啡豆，自己應該也會相信。

——是不是超好喝？

他回想起廣澤得意的笑容。

「真好喝，完全不輸給咖啡豆比賽前幾名的豆子。如果告訴我老公，他一定會說是歪門邪道，不同意我這麼做，但這個星期作為試賣，我也要向其他客人推薦加了蜂蜜的綜合咖啡。」

老闆娘似乎很滿意，一口氣喝完了熱咖啡。之前都沒有注意到這件事，深瀨發現老闆娘和廣澤喝咖啡的方式也很像，他們喝起來都很豪爽，有點怕燙的深瀨難以模仿。

「那這個也給你。」

老闆娘的左手架在吧檯上，把原本放在手肘前的小瓶子遞給他。

「你不必客氣，這是感謝你提供這麼棒的提議……如果用不完，可以送給美穗子。你們今天沒有約嗎？」

「我們約七點，她應該快來了。」

這次他看了手機確認時間。剛好七點。門鈴應該很快就會響起。他看向店面的方向。至今為止，美穗子約會從來沒有遲到過，也沒有收到她的電子郵件說會晚到。

「那等美穗子來了之後，再為她沖泡加蜂蜜的咖啡。啊！」

老闆娘發出傻叫聲的同時，門鈴響了，她向深瀨使了一個眼色後走向販賣區，立刻大聲地叫著不是美穗子的名字。「啊喲，某某先生，歡迎光臨。」深瀨豎起耳朵聽著販賣區的動靜，心想老闆娘應該是故意說給自己聽的。老闆娘和客人聊著天，然後說明了咖啡豆的種類，深瀨無法明確聽到談話的內容，卻可以清楚聽到笑聲。

之前曾經聽老闆娘和其他客人聊到，老闆在開這家店之前，曾經在都市銀行工作。深瀨在畢業前也申請了那家銀行。當時，客人驚訝地對老闆娘說：「妳竟然同意他辭職。」老闆娘笑著回答：「他一旦決定的事，別人勸他也沒用。」

深瀨難以想像這樣的選擇，他覺得老闆娘比老闆更厲害。夢想不是會在結婚的同時放棄嗎？但他現在也開始覺得，如果老闆是單身，即使有想開店的夢想，或許也不會付諸實現。因為背後有人推一把，所以才能夠踏出那一步。也許老闆在世界各地奔波，尋找美味的咖啡豆，就是想要帶回來給太太喝。

因為他遇見了美穗子，所以才會有這種想法。

四個月前，他第一次在「幸運草咖啡店」遇見越智美穗子。他下班後來到這家店，發現吧檯最角落的固定座位上坐了一個陌生女人。深瀨每次都在晚上七點左右來到店裡，很少遇見其他客人。這家位在住宅區正中央的咖啡豆專賣店的飲用區在下午一點到五點生意最好，因為店裡只賣咖啡，所以沒有客人在晚餐時間來這裡填飽肚子。八點之後，又會有一隻手可以數完的老主顧上門。有的來喝杯咖啡醒酒，有的在飯後來喝一杯咖啡，每個人的目的各不相同，深瀨也不時遇到這些老主顧。

但是，這個女人並不是八點之後的老主顧。聽說自從雜誌上多次介紹這家店之後，有不少遠道而來的客人，但那個女人的衣著很隨興，不像是那種客人，但深瀨之前也沒在這附近看過她。

雖說深瀨應該立刻找其他座位坐下，但他茫然地站在那裡，看著正在吧檯內泡咖啡的老闆。老闆默然無聲地露出滿臉的歉意，深瀨慌忙在最靠近門口的座位坐了下來。

——這裡該不會是預訂的座位？

美穗子戰戰兢兢地微微站起來問深瀨。

——不，沒這回事，妳請坐。老闆，老樣子。

說完之後，他才突然想起，這種說話方式會不會讓她覺得故意強調自己是老主顧？但美穗子的視線集中在自己眼前的咖啡上。她拿起杯子，聞著香味，喝了一小口，同時瞪大了眼睛。一定比她想像中更好喝。深瀨看著美穗子的側臉想道，自己第一次來這裡時，應該也露出了相同的表情。

——可以在這裡買咖啡豆，對嗎？

美穗子委婉地問道，擔心打擾正在為深瀨泡咖啡的老闆，老闆還沒開口回答，她又繼續說了下去。

——但是……即使是相同的咖啡豆，在這裡喝一定比較好喝。

沒錯！深瀨在心裡用力點頭。

深瀨從高中三年級的秋天，準備為考大學衝刺時開始喝咖啡。最初都喝家裡的即溶咖啡，在每晚都喝兩、三杯之後，隔天早晨會覺得胃很不舒服，於是就請母親去買了咖啡濾杯和專用的咖啡豆。上了大學之後，看了咖啡相關的書籍，把濾紙改成了濾布，也試了法式濾壓壺，努力鑽研咖啡的相關知識。之後畢業進了公司，在發現這家店之後，花了第一次領到的年終獎金全額，買了一臺和這家店相同的德國產濃縮咖啡機。

他在咖啡上投資了時間和金錢，如今能夠很有自信地說，自己泡的咖啡比普通咖啡店賣的咖啡好喝好幾倍（雖然他並沒有真的這麼炫耀過），但無論再怎麼努力，老闆泡的咖啡仍然讓他望塵莫及。而且，老闆還會定期參加專家的講座，技術持續進步。

所以我每天都來這裡——他覺得只要自己這麼說，氣氛會更加融洽，然而，最後只是小口喝著老闆為他泡的咖啡。只不過還是有其他談話的契機。他剛才對老闆說：「老樣子」，是交由老闆決定的意思。今天喝的咖啡有酸酸甜甜的莓果味道。

——哥斯大黎加？

——答對了。

如果答錯了，或者是老闆新採購的咖啡豆，老闆就會分享咖啡的相關知識。一旦猜中了，就不會多聊什麼。深瀨來這家店將近兩年，和老闆之間除了咖啡之外，幾乎沒有聊過其他的話題。

深瀨在回答咖啡豆的種類時，發現美穗子瞥了自己一眼，但並沒有對自己說：「好厲害。」或是問：「什麼味道？」結果深瀨忍不住頻頻瞄她，覺得她喝一口咖啡，仰起頭，若有所思的樣子很美。

那天之後，運氣好的話，每週會遇到美穗子三次；運氣不好的時候，至少也會遇到一次。通常都是美穗子先到，坐在靠門口的第二個座位，好像特地避開深瀨的指定座位。當深瀨走進店裡時，會微微點頭打招呼。

老闆偶爾也會向美穗子介紹咖啡豆，但通常都是三個人靜靜地聽著有線廣播的拉丁音樂而已。

但是，這家店還有另一個重要人物。

——美穗子在車站另一側的格林麵包店上班。

美穗子沒有來店裡的時候，老闆娘突然對深瀨說。深瀨並不知道誰是美穗子，直到老闆娘告訴他，就是最近晚上七點常來的老主顧，深瀨才第一次知道那是她的名字。

——那家店有很多咖哩麵包和三明治這種熟菜類的麵包，你可以在上班之前去那裡買午餐。

深瀨的公司並沒有員工食堂，但公司周圍有好幾家物美價廉的餐廳，早上的時間原本就很趕，特地繞過去很麻煩。不過，一個星期後的假日，他還是在白天的時間去看了一下，但美穗子不在收銀臺。

白跑一趟。經過高架鐵路下方時，他很想找一塊小石頭來踢，突然停下腳步想，自己到底在期待什麼？不是去買麵包嗎？然後硬是思考著咖哩麵包適合搭配什麼咖啡。

隔天，他在固定時間去了幸運草咖啡店，發現美穗子已經來了，老闆娘也在吧檯內，但他沒有提去麵包店的事。三天後，老闆娘遞給他一個裝了電影票的信封。

——商工會的人送我的，因為是恐怖片，我和老公都不喜歡看。深瀨，你要不要看？

雖然深瀨對恐怖片沒有太大的興趣，但他之前就想看這部片子。因為那是深瀨學生時代喜歡的導演所拍攝的作品，之前正打算找時間去電影院看這部電影，想瞭解擅長拍心理推理的導演會以什麼方式拍恐怖片。他道了謝，看了信封裡的電影票，發現有兩張。

——你可以帶女朋友去看。

——我才沒有這樣的對象。

如果是別人說這種話，深瀨一定會咂嘴，但在老闆娘面前，他已經能夠很自然地露出害羞的表情，或是說一些洩氣的話。

——那要不要邀美穗子一起去看？上次我和美穗子聊起電影，我記得她當時說喜歡這個導演。

老闆小聲地叫了老闆娘一聲，試圖制止她。

——既然這樣，電影票……

送給美穗子不是更好嗎？老闆娘似乎猜到了深瀨想說的話，所以打斷了他，搖著雙手說，這樣不行啦。眼神似乎在說，不管你是客氣還是禮讓，一旦說出口，真的會變成這麼一回事。

——你是頭號老主顧，凡事當然以你為優先。

老闆娘的話出乎深瀨的意料，他感到雙眼發熱。在只能填寫一個人的欄目內，竟然有人寫上了自己的名字。這時，美穗子剛好走了進來，她似乎發現所有人的視線都露骨地集中在她身上，有點不知所措地摸了摸臉，然後又檢查了自己的衣服。事後才得知，她當時以為自己身上沾到了麵粉。

美穗子坐下後，老闆娘笑嘻嘻地看著深瀨。

趕快鼓起勇氣，你不是一直很在意她嗎？

他沒有發現這只是自己一廂情願的腦內解釋，用力回望著老闆娘。

一旦遭到拒絕，雖然很捨不得這裡的咖啡，但恐怕一輩子都無法再踏進這家店。對某個人產生強烈的感情，似乎和用力握緊雙手的感覺相同。他默默地站了起來，在美穗子身旁停下腳步，從腹底擠出了聲音。

——請問……

翌日之後，除了店休日以外，他仍然每天來這家店報到。

「美穗子是不是加班，上次聽她說，最近經常要幫忙一起做麵包。」

老闆娘從販賣區走回來後關心地問道。那次看電影後，兩個人開始交往，老闆娘經常告訴他們哪裡開了好吃的法國餐廳，或是說，深瀨不是喜歡落語嗎？為他們創造機會約會。甚至有一次對美穗子說，以前的媒人應該就是這種感覺，但話說到一半，慌忙住了嘴。

因為他們交往才三個月而已。

「對不起，失禮一下。」

深瀨拿起手機。傳電子郵件比較好嗎？不，離約定的時間已經過了二十分鐘，即使她還沒有下班，打電話給她，她也應該不至於責怪自己。雖然之前從來不曾有過這種經驗。

他撥打了美穗子的手機號碼。鈴聲響了十次，轉到了語音信箱。要留言告訴她，自己還在幸運草咖啡店嗎？他正在等待錄音的訊號，電話中突然傳來輕微的說話聲。「喂？」從雨聲判斷，她正在戶外。

「妳在來幸運草的途中嗎？」

深瀨大聲問道，以免聲音被雨聲淹沒，但想到老闆娘可能以為他故意用這種方式表達電話已經接通，不由得感到很難為情，轉身面對著牆壁，把電話貼近嘴邊。美穗子在電話中的聲音很輕，幾乎聽不太清楚，他忍不住皺起眉頭，以前通電話時，後面的雜音也這麼大聲嗎？但總算知道了美穗子目前人在哪裡。

「對不起，請幫我結帳，她已經去我家裡了。」

「啊喲喲，那得趕快回家。」

深瀨拿出皮夾，匆匆站了起來，把已經冷掉的咖啡一飲而盡。冷掉之後，原本和咖啡融為一體的蜂蜜味道和香味，在流過喉嚨時，各自主張著自己的特性，可以明確感受到是兩種不同的混合物。

「別忘了蜂蜜。」

老闆娘只說了這句話，率先走去收銀臺所在的販賣區。

他們並不是每次都約在幸運草咖啡店，在車站見面後，直接去吃飯的次數反而比較多，但在格林麵包店店休日前一天，都會約在幸運草見面。因為美穗子會帶大量店裡賣剩的麵包回家，然後兩個人一起去深瀨家吃麵包當晚餐。深瀨並不排斥晚餐吃麵包這件事，每個星期有一天這樣的日子也不錯。

『對不起，我已經到你家門口了。』

美穗子在電話中這麼說。發生什麼事了嗎？深瀨離開咖啡店後，就一路跑向公寓，雖然撐著傘，但跑了不到一百公尺，鞋子就開始發出咕嘰咕嘰的聲音。膝蓋以下的長褲也都變了色，黏在腿上。

美穗子可能也被淋得溼透，所以無法去咖啡店。這種想法稍微緩和了擔心是否發生了什麼大事的不安。還是已經發布了颱風警報？所以美穗子誤以為咖啡店提早打烊了？幸虧昨天洗了所有的毛巾。

雖然美穗子應該站在屋簷下，但一定覺得很冷。先為她泡杯熱咖啡。美穗子在店裡喝咖啡時，也會加砂糖和牛奶，如果給她看老闆娘送的蜂蜜，她一定會很高興。對了……

不如趁這個機會，提議打一把備用鑰匙給她。雖然他沒去過美穗子的公寓，但之前聽她說，從家裡騎腳踏車到格林麵包店要十分鐘。由於兩個人住在車站兩側走路就可以到的距離，所以沒有理由特地為對方打一把備用鑰匙，當主人不在的時候等在家裡。深瀨這麼告訴自己，但其實他是害怕遭到美穗子的拒絕。只要配合對方允許自己進入的範圍，敞開自己的門戶就好。如果美穗子也有相同的想法，雙方永遠無法縮短彼此的距離，不能一直指望幸運草咖啡店的老闆娘，更何況老闆娘不可能說「你們兩個人乾脆同居」這種話。

木造兩層樓的公寓出現在前方。深瀨住在一樓。當初去房屋仲介公司時，房仲員誇他運氣真好，光線充足的二樓邊間剛好空著，但實際參觀後，他租了一樓的另一間空房。因為二樓邊間的那個房間剛好在鐵樓梯旁，在參觀室內時，聽到二樓的住戶或是訪客走上樓梯時，發出鏗、鏗、鏗的輕快腳步聲。

短暫的瞬間，心情激動起來，但下一剎那，一種好像被人按住頭頂的壓迫感襲來，幾乎感到眩暈。

他再也不會帶著那樣的腳步聲來找自己，但自己每次聽到這個聲音，就會想起他。

美穗子好像躲在樓梯後般站在那裡，手上緊緊抱著格林麵包店的尼龍袋子。

「對不起。」深瀨跑向她，發現她並沒有淋得很溼。雖然光著腳穿著拖鞋的腳溼了，但不至於溼到不好意思走進店裡，反倒是深瀨已經渾身溼透了。

難道美穗子更早就到了，在雨下大之前，就已經來這裡了？這個想法閃過深瀨的腦海。剛才在咖啡店時，老闆娘在販賣區和飲用區之間跑來跑去，在販賣區為深瀨結帳時，看著外面說：「啊喲喲，越下越大了。」

「你為什麼道歉？我沒有去店裡，是我的錯。」

美穗子的語氣雖然不開朗，但並不像在電話中聽到的那麼無力。她只是今天不想喝咖啡嗎？深瀨打開了門，請美穗子進了屋。進屋之後，從玄關旁的盥洗室拿了一條毛巾遞給美穗子，請她去裡面等，自己在盥洗室換衣服。雖然很想直接沖個澡，但眼前的氣氛並不適合這麼做。

走出盥洗室，發現美穗子沒有打開電視，背對著玄關，跪坐在暖爐桌前。她像第一次來這裡時一樣，轉動著脖子，四處打量著房間。深瀨自認為以男人的房間來說，自己家裡算整理得很乾淨，和美穗子上次造訪時完全相同。她到底在意什麼？

他反手關上了盥洗室的門，雖然並沒有發出很大的聲音，但美穗子的後背抖了一下，轉頭看著他。

「讓妳久等了，我來泡咖啡。幸運草的老闆娘……」

「不用了。」

這是美穗子第一次打斷他說話。尖銳的語氣讓深瀨忍不住倒吸了一口氣。他覺得可能發生了什麼與自己無關的事，但是看到美穗子的表情凝重可怕，只要針尖程度的刺激，好像隨時都會哭出來的樣子，又覺得也許自己做了什麼該受到指責的事，但他毫無頭緒。

「怎麼了？」

他隔著桌子，在美穗子的對面坐下來問道。他很自然地跪坐著。美穗子皺著臉，好像很費力地擠出聲音。

「阿和……你之前曾經說，你以往的人生平淡到很無趣，這是真的嗎？」

在剛交往時，的確曾經說過這句話。因為他無法像別人那樣，完成在像樣的餐廳約會這種任何人都應該能夠做到的事，當點了滿桌的湯和蔬菜，或是在美穗子面前打開皮夾，零錢散落一地時，無法瀟灑地收拾殘局。為了掩飾自己的窘態，老實坦承了美穗子是他人生中第一個女朋友，但為了避免美穗子因此誤會他這個人有什麼缺陷，所以用繞圈子的方式告訴了她，那並不是因為自己缺乏魅力，而是自己周遭的環境本身很無趣。

「是啊，雖然說起來很沒出息。」

下次可以請家裡的人把中學和高中的畢業紀念冊寄來，讓美穗子看一下。在由每個班級自由製作的頁面上，深瀨勉強擠進了中央集體照的角落。高中的畢業照上，他的臉被前面同學的腦袋遮住了，勉強露出了略寬的額頭。不，目前住的地方完全沒有任何帶著往日回憶的物品，就足以證明以往的人生多麼無趣。

「那有沒有做過什麼……虧心事？」

美穗子目前提出的問題，或許並不是自己和美穗子之間發生的事。這個想法在內心深處萌芽，在雨聲的助長下，幼芽不斷生長，變成了藤蔓纏繞在整個身體內側，深瀨陷入一種錯覺，覺得自己整個人都被綁住了。

「要不要交一份履歷表給妳？我的人生雖然沒有太多色彩……但也不是空白。」

「那你可以把自己的人生一五一十地告訴我嗎？」

「我為什麼要這麼做！」

粗壯的藤蔓根猛然斷裂，他頓時擺脫了壓迫感。擺脫不安很不舒服，就好像下雨的日子，穿著鞋子走進榻榻米房間那種不舒服的感覺。

深瀨起身走向廚房，因為他覺得如果繼續面對面坐在那裡，可能會對美穗子出言不遜，但其實他並不清楚到底是不想傷害美穗子，還是避免讓美穗子察覺自己內心有不想被人踏入的禁區。

「我還是來泡咖啡，我也要喝。對了，我皮包裡有一瓶蜂蜜，可不可以幫我拿出來？幸運草的老闆娘送我的。」

他背對著美穗子說道，從裝咖啡豆的盒子裡拿出幸運草綜合豆的袋子，把咖啡豆倒進手工磨豆機。鎮定，鎮定。他嘎啦嘎啦轉動著把手，思考著目前的狀況。

美穗子正在質問自己。

自己內心深處，的確埋藏了一件事。

美穗子是在要求自己說出這件事嗎？

由於幾近無色的人生中，只有一件黑色，而且黑得非常濃烈的事。一旦遭到質問，就心慌意亂地以為必定是這件事，但冷靜思考之後，就發現美穗子根本不可能知道那件事，一切都是自己在杞人憂天，差一點自掘墳墓。

他察覺到背後有動靜，盡可能露出鎮定的表情轉過頭。

「有沒有找到？聽說是自己手工製作的。」

但是，美穗子遞過來的並不是蜂蜜的小瓶子，而是一封信。普通的牛皮紙信封上印著電腦文字。收件人是美穗子，但地址寫著「格林麵包店」。深瀨接過來翻過信封，發現並沒有寫寄件人的地址和姓名。上面貼了制式的八十二圓郵票，郵戳滲了水，看不清楚。其中一側用剪刀剪開了。

「我可以看嗎？」

美穗不發一語地點了點頭。雖然沒有特別的用意，但深瀨把信封夾在腋下，用掛在流理臺旁的毛巾擦了擦雙手後，才拿出信封內的信紙。信封內只有一張信紙。A4尺寸的白色影印紙摺成了三摺，只有一行直書的黑體粗體字，可以看到裡面寫的內容。瀨和……是不是寫了自己的名字？他的心臟劇烈跳動。

在打開紙之前，他看了一眼美穗子。她目不轉睛地注視著深瀨，眼睛都沒眨一下。不知所措無法解決問題。他分別拿著白紙的上下兩端打開了。

『深瀨和久是殺人兇手。』

心臟劇烈跳動，呼吸幾乎無法跟上心跳的速度，但是有另一個自己在一步之遠處，用冷靜的眼神注視著臉色漸漸鐵青的自己。這句話並非毫無預警地出現在自己面前，只是以此作為收場。

同學、同學會、西洋音樂、雨、咖啡、蜂蜜……

冷靜的自己在問心慌意亂的自己，難道你完全沒有預感，終將會有這麼一天嗎？難道你從來不曾擔心這一天不是出現在不幸的日常生活中，而是在幸福降臨的時候嗎？

答案是……NO。所以不要被嚇到了。

「妳什麼時候收到的？」

「今天傍晚，混在寄到店裡的信件中。店長說，偶爾會遇到這種事，有人會寫信或是送禮物給在店裡打工的女生。店長還提醒我，其中也不乏像跟蹤狂的客人，如果信裡的內容很奇怪，記得告訴他。但是，我不敢給任何人看，也不敢讓幸運草的老闆和老闆娘知道。因為我的心事都寫在臉上，一旦去了他們的店，就會立刻知道發生了什麼事，所以我不敢去，但是，我並不是百分之百相信這種惡作劇。」

可能有變態客人喜歡妳，想要破壞我們的感情，才會寫這些莫名其妙的謊言寄給妳。

現在還來得及面帶微笑地這麼告訴美穗子，消除她內心的不安，然後把那張紙撕得粉碎。但是，美穗子並沒有說，她百分之百不相信，她內心還是對此存疑。相反地，從她踏進這裡之後的態度來看，這種想法似乎更強烈。

至今為止，從來沒有發生過任何可以被人稱為殺人兇手的事。即使現在斬釘截鐵地如此斷言，今後還能繼續用之前的方式和美穗子相處嗎？美穗子或許會從自己的片言隻字中尋找是否有可疑之處，為了避免被美穗子發現任何可疑之處，自己必定會謹言慎行，彼此的關係也必將比之前更加疏遠。

如果真的想要抓住幸福，就應該據實以告。

會不會是他寄了這封信？愚蠢的想法浮現在腦海，但立刻彈開了。又不是出現在夢中，或是發生了什麼匪夷所思的現象，信件是明確存在的東西，死人不可能寫信。

對美穗子實話實說吧——

即使決定要這麼做，他仍然產生了猶豫。自己真的能夠面對現實，如實地說出真相嗎？會不會為了保護自己，最後只是再度重複對警察說過的內容？

答應美穗子，一定會告訴她真相，但今天晚上先讓她回家，日後寫成文字寄給她。可以在整理那一天發生的事的先後順序的同時，回顧自己的心情，也可以向美穗子傳達更正確的事實。至於美穗子看了之後，會做出如何判斷……不是目前要思考的事。

應該這麼做。不難想像，如果在說真相時對美穗子察言觀色，將會根據她的表情改變說話的內容。

「美穗，今晚……」

窗外的風在呼嘯，好像要淹沒深瀨的聲音。咚。門上傳來一陣震動。比空罐更大的什麼東西被吹了過來，撞到門上。是腳踏車嗎？雨似乎沒有變小的跡象。

不可能讓美穗子走進狂風暴雨中。今天果然就是這種日子。

「妳時間沒問題嗎？我有事情要告訴妳，但說來話長。」

「我沒問題。」

深瀨想起明天星期四是格林麵包店的店休日，裝麵包的袋子放在桌子下方。對了，幸運草咖啡店的店休日也是週四。也就是說，明天只有自己要上班。他想像著自己忍著呵欠去上班的身影……忍不住噗哧一聲笑了起來。雖然即將說出重大的事實，但之後仍然是一如往常的日常生活。

「怎麼了？」

美穗子委婉地問道，但露出了訝異的眼神。

「不，沒事。對不起，在準備告訴妳重要大事的時候……我想心平氣和地告訴妳這件事，可不可以讓我先泡咖啡？」

美穗子似乎不太能接受他的回答，但還是默默點了點頭，走回了房間。

深瀨握著磨豆機的把手，卻想不起來剛才轉了幾次，於是把磨到一半的咖啡豆倒進了流理臺內的廚餘架。來泡一杯頂級咖啡。

他把幸運草綜合咖啡豆放回咖啡盒內，拿出了巴西咖啡豆。老闆之前曾經自信滿滿地說，這是在咖啡豆主要產地巴西國內比賽中獲得優勝的王中之王。

這麼好的咖啡豆不知道下次什麼時候才能進貨，所以要在關鍵時候才能拿出來喝。連向來很少談論咖啡豆的老闆娘也這麼對他說。

泡杯咖啡。這是眼前唯一能為自己做的事。

在名為後悔的黑暗中，注入一道光——

第二章

三年前的夏天——

要不要去斑丘高原？村井隆明向大家提議。

那裡因為有一個位在長野縣和新潟縣交界處的滑雪場而出名，村井的叔叔在那裡有一棟別墅。深瀨第一次在日常談話中聽到「別墅」這兩個字，但父親是縣議員的村井在說話時並沒有特別炫耀的意思，只是在說一件理所當然的事，所以深瀨也並沒有感到任何不自在。

七月初的這一天，研討小組的人難得都聚集在研究室。「聽起來很有意思啊。」谷原康生回答後，看著身旁的淺見問：「對不對？」徵求他的同意。深瀨伸長了耳朵，但視線仍然緊緊盯著電腦螢幕。

他深刻體會到自己周圍半徑三公尺以內進行的談話並不一定包括自己這件事。之前曾經多次發生當有人說要去看目前熱門的電影，或是去新開的拉麵店時，他忍不住回答後，對方露骨地問：「啊？你也要去嗎？」他只好假裝突然想起有其他事。

自己是無色的空氣人。即使聽到有趣的話題，也不可以做出反應。因為別人根本不會邀請自己。他在心裡嘀咕著，繼續打著空洞的文章，假裝正在趕急著要交的報告，其實離死線還很久……

「深瀨呢？」

谷原指名問道。

「機會難得，大家一起去吧？」

看到谷原爽朗的笑容，深瀨遲疑了數秒。如果有相當的人數，比方說，有三、四十個人時，自己絕對不可能和谷原屬於同一組，而且他是那種中心小組的中心人物。開朗機靈，運動能力強，很受歡迎。這樣的谷原竟然邀自己「大家一起去」。

「不過，現在是非常時期，所以也不勉強。」

只有谷原和村井獲得了所申請公司的內定。對已經被大型商社九條物產錄取的谷原來說，也許已經進入了創造大學時代回憶的階段。村井在親戚經營的建設公司工作數年後，將擔任縣議員父親的秘書，日後計畫踏入政壇。

「淺見，你去不去？」

谷原沒有追問並未立刻回答的深瀨，轉而問淺見。

「只要時間在第一次考試之後，我就沒問題。」

準備參加教師錄用考試的淺見回答道。第一次考試在七月的第四週舉行，在中元節前就會知道考試的結果。一旦通過，將在八月二十五日左右舉行第二次考試。谷原問他，難道不需要為第二次考試做準備嗎？淺見回答說，只是交論文和面試而已，於是日期決定在八月初。

同樣尚未獲得內定，如果像淺見那樣還沒有參加第一次考試，無論問的人，或是回答的人，心情都比較輕鬆，但深瀨申請的都市銀行等大型企業全都榜上無名，即使是谷原，也不好意思問得太直接。廣澤的情況也一樣。

之前廣澤在深瀨家裡喝咖啡時，曾經抱怨過，他還在和父母為要不要回老家的事爭執，結果發現求職活動已經落後了別人一大截。深瀨記得那是他第一志願的都市銀行第二次考試落榜的日子。但是……

「廣澤，那你呢？」

「聽起來很好玩，真想去啊。」

廣澤毫不猶豫地回答。既然廣澤要去，那自己……深瀨轉頭看向谷原的同時，谷原再度邀請了他。

「深瀨，那你也一起去吧。大家一起樂一下，怎麼樣？」

「那我也……」

「太好了。」深瀨還沒有把話說完，谷原就說道。

村井和谷原立刻拿出地圖和行事曆開始安排旅行計畫，最後決定八月第一週的星期二、三、四去旅行三天兩夜。

谷原突然一臉嚴肅地問村井，夏天去滑雪場要玩什麼？村井回答說，附近還有高爾夫球場、滑翔傘和熱氣球等戶外設施，可以先在家裡烤肉，不必顧及左鄰右舍鬧通宵也很有意思啊。淺見說，白天在家裡悠閒地看書也不錯，深瀨也點頭表示同意。

廣澤提出可以帶飛盤去玩，最後決定不管是撲克牌還是UNO牌，只要自己負責保管，任何好玩的東西都可以帶去。

如果小學、中學和高中都和這些人讀同一所學校……深瀨忍不住思考這個問題，尤其如果班上有像谷原這種喜歡把「大家一起玩」掛在嘴上的中心人物帶頭，雖然有時候會覺得很煩，但至少可以稍微擺脫自己總是在當配角或是陪襯的自卑感。

村井雖然很自我，但並不會露出「連他們都邀請？」的表情，他並不是那種會深入思考的人。雖然和其他喜歡當老大的人一樣，把自己的快樂放在首位，但並不會為了維護自己的立場貶低他人。仔細觀察之後，發現他身材、長相、成績和運動能力並不是特別優秀，但他內在散發的自信，讓他看起來比實質更出色。這就是深瀨對村井的印象。

雖說是研擬旅行計畫，但其實只要決定日期，其他都由村井一手包辦。這些成員中，唯一有車的村井願意提供自己的四輪傳動休旅車，除了沒有駕照的谷原和深瀨以外，另外三個人輪流開車。別墅內有烤肉的工具，五個人中，唯一住在家裡的村井負責準備木炭、鐵網和免洗餐具等零星物品。

「真不好意思啊。」

深瀨默默聽從大家的安排，最後忍不住這麼說道。村井想了一下說，那咖啡就交給你了。深瀨聽了之後，立刻發自內心地期待斑丘高原之行。

旅行當天。

上午九點準時來到集合地點，也就是谷原公寓附近的便利商店時，發現村井以外的三個人都已經到了。他才剛為自己不是最後一名感到鬆了一口氣時，就聽谷原說，村井昨晚發生了車禍。

昨天晚上，他開車和女朋友約會，在等紅燈時，被後方的車輛追撞。幸好村井並沒有受傷，但車子被撞壞了，而且他女朋友沒有繫安全帶，頭部也受了傷。

「所以行程要中止嗎？」

深瀨瞥向裝了咖啡豆、咖啡濾杯、不織布濾袋等咖啡用具的袋子問谷原。

「不，他叫我們自己好好玩。」

谷原回頭看著停車場內的銀色豐田Vitz說，那是村井母親的車子。當深瀨打開後車廂放行李時，看到一個很大的手提冰箱。原來村井連烤肉用的肉都為他們準備好了。

「幸好村井沒有受傷，他說等所有事都處理完，可能會來和我們會合，所以我們先好好玩。」

擔任棒球隊隊長的谷原好像在對球員信心喊話，大家相互點頭後上了車。淺見坐在駕駛座上。

「廣澤今年春天才剛考到駕照，我們上高速公路，在路況穩定之前，先由我來開車。」

「不好意思。」

廣澤順從地聽從了安排。谷原坐在副駕駛座上，深瀨和廣澤坐在後車座。

「對了，」深瀨打開放在腳下的背包，拿出附有蓋子的保溫杯說：「雖然我不會開車，但我泡了咖啡。」

「真貼心啊，有沒有加糖？」

淺見接過杯子問道。

「加了，也加了牛奶。」

這是根據廣澤喜愛的口味調製的。淺見喝了一口，叫了聲：「讚啦。」

「給我也喝一口。」谷原把杯子搶了過去，「真的超讚，精神大振。淺見，你要一個人喝完嗎？」

「當然啊，才不要分你呢，萬一打瞌睡就慘了。」

淺見把杯子搶了回去。「我也準備了預防打瞌睡的東西。」谷原把ＭＤ放進汽車音響內。一口氣喝完咖啡的淺見忍不住吐槽說：「現在哪有人聽ＭＤ啊！」但還是發動了引擎，立刻傳來輕快的西洋音樂。

天氣預報說，今天陰有雨，天空一片晴朗。雖然發生了村井缺席的意外，但這趟行程的起點很不錯。

車上播放著七〇、八〇年代的西洋音樂，谷原不停地說著話。也就是在這個時候問大家有沒有聽過〈Surfin' U.S.A.〉。在他說了一大堆音樂是世界和平的口號、充實心靈最強能量這些對音樂偏頗的愛之後，話題轉到了棒球上。

谷原從小學時就是在球場上大顯身手的投手，因為肩膀受了傷，所以沒有參加大學的棒球社和同好會，而是回老家參加了由以前打過少年棒球的成員組成的業餘棒球隊，每個月都會回埼玉縣的老家兩次，參加球隊的練習。在旅行前一個星期和多年的競爭球隊進行了比賽，聽說在比賽中發生了戲劇性的事。

「第九局兩出局滿壘。在這個緊要關頭，我竟然緊張起來，感到口乾舌燥。我告訴自己要鎮定、要鎮定，再投一球就好。把球高高舉起時，頓時眼前發白，而且連腦袋也一片空白。當我聽到池谷的聲音醒來時，已經躺在醫務室的床上了。咦？我在投球前昏倒了嗎？我慌忙跳了起來，結果我竟然在投球之後，撿起打者的滾地球，送回了本壘，真是太驚訝了……」

雖然聽他提到池谷和其他隊友的名字，其他人也不知道那是誰，但谷原說得有聲有色，深瀨也忍不住附和說：「真是太厲害了。」廣澤一臉悠然的笑容聽著，只有淺見表達了冷靜的意見。

「幸好你現在沒問題，但是不是中暑了？你根本不是會緊張的人啊，既然覺得口乾舌燥，在腦內劇場配什麼旁白之前，要先喝水啊。」

「淺見老師完全正確！學生的健康管理也是老師的工作，但如果當時暫停跑去喝水，場面不就冷掉了嗎？人生要有戲劇性，廣澤，你說對不對？」

谷原突然問廣澤，廣澤露出驚訝的表情，但隨即輕描淡寫地說：「平常心最好。」谷原誇張地聳了聳肩說：「太無趣了。」然後轉過頭，跟著剛好唱到副歌的音樂，歡快地唱了起來。深瀨暗自鬆了一口氣，幸好谷原剛才不是問自己。

太無趣了——深瀨知道谷原並沒有生氣，但既然受邀來參加這趟旅行，就不能有任何破壞對方心情的言行，所以會不必要地心情緊張。而且這句話比說話的當事人想像中更傷人。

廣澤露出很受不了的苦笑表情看向窗外，內心是不是很在意？深瀨覺得應該說一些炒熱氣氛的話，順便可以化解一下車內的氣氛。

「聽說下一個休息站有賣本地名產的炸雞塊，沾味噌醬汁的味道超讚，電視上也有介紹過。」

果然不出所料，谷原最先有了反應，最後決定去那個休息站，順便休息一下。那是將本地雞的腿肉放在特製的醬汁內醃製一晚後油炸的雞塊，外面又香又脆，裡面的雞肉肉汁飽滿，沾辣味味噌後食用，四個人買了兩包。大家嚷嚷著：「好吃，好吃。」一口接著一口，剛才的「太無趣了」也早就煙消雲散。怕燙的深瀨必須分三口才能吃完一塊炸雞，廣澤一口就可以吞一塊。

「廣澤，你有沒有咬？」

淺見問。

「對啊，每次看他吃東西，都覺得特別好吃。」

谷原擡頭看著廣澤說道。

深瀨看著身高一百八十五公分的廣澤，就會想起小時候看的日本民間故事繪本裡的大塊頭。只畫了一條線的眼睛分不清是在笑還是睡覺，村子裡的孩子覺得他低能，都看不起他，但這個心地善良、好脾氣的年輕人周圍總是圍著許多動物和小鳥。雖然這麼一來，自己就變成了松鼠或是鼬鼠，但和廣澤在一起真的很自在。

回到車上，谷原轉頭對深瀨說：

「炸雞塊太讚了。」

看到谷原滿面笑容地這麼說，深瀨當然感到高興，但並不覺得自己做了什麼特別的事。既然出門旅行，事先調查目的地和沿途的觀光景點、美食資訊和熱門店家不是理所當然的事嗎？只要用誰都有的電腦和手機，很容易查到相關資訊，但深瀨在吃炸雞塊時發現，自己以外的三個人，事先完全沒有對接下來的路線做這方面的調查工作。

「有沒有什麼好吃的甜點？」

谷原問。深瀨告訴他們，下下一個休息站有使用高原牛奶做的頂級布丁。於是他們也去了那個休息站，之後又接二連三地吃了德國香腸、味噌關東煮和菠蘿麵包。

「差不多該考慮一下晚上的烤肉了吧？」

淺見為簡直變成了大胃王之旅的狀態踩了煞車。深瀨起初還為自己事先查到的美食全都遭到採納感到高興，但又不能自己喊停，所以淺見的話簡直就是及時雨。

「名產是裝在另一個胃裡。」

谷原雖然這麼嘀咕，但並沒有堅持。

「的確吃太多了。」

胃口還綽綽有餘的廣澤對淺見的意見表示贊同。深瀨從來沒有看過廣澤表達反對意見，他們兩個人在一起時也一樣，對吃午餐和想看的ＤＶＤ意見分歧時，每次都是廣澤讓步說，你說的那個聽起來也不錯。

雖然在休息區吃飽了，但到了長野縣之後下了高速公路，慢慢行駛在縣道上時，大家不約而同地發現已經過了正午時間，於是開始討論中午要吃什麼。

「有沒有什麼推薦的地方？」

谷原問，深瀨回答說，一公里前方應該有一家名叫「阿爾卑斯庵」的蕎麥麵店。

「聽說可以吃到使用阿爾卑斯天然水的水蕎麥麵。」

「水蕎麥麵？雖然從來沒聽說過，但好像很好吃。」

大家一致同意，但來到有水車轉動的蕎麥麵店下車時，廣澤指著來路的方向說：

「不好意思，我可以去那家店嗎？」

在相距一百公尺處，有一棟紅色三角屋頂的房子。

「那是餐廳嗎？既然來到信州，大家一起吃蕎麥麵啊。」

谷原說。

「我看到招牌上寫著斑丘高原豬的炸豬排咖哩。」

「聽起來也很好吃，而且既然是咖哩，那就沒話可說了。」

廣澤在學生食堂時，每次都吃咖哩。他說只要是咖哩，不要說每天吃，就連三餐連續吃咖哩也不覺得膩。他不挑食，不管吃什麼都說好吃，但對咖哩簡直到了貪婪的程度，曾經聽說他只要知道哪裡有好吃的咖哩餐廳，願意花半天的時間專程跑去吃。

「斑丘高原豬」這幾個字對深瀨也很有吸引力，覺得也可以配合廣澤去吃那一家，只是肚子還很飽，蕎麥麵還吃得下，沒有自信可以吃完一盤炸豬排咖哩。

「我想吃蕎麥麵。」

淺見說。

「高原豬和天然水的水蕎麥麵，我也投蕎麥麵一票。」

谷原回頭看著水車小屋。深瀨覺得純樸風格的建築物也很吸引人，但比起和谷原、淺見三個人一起吃飯，和廣澤兩個人吃飯更輕鬆。該怎麼辦呢？他看向廣澤。

「深瀨，不好意思，你特地費心調查，你們就去好好享受吧。」

廣澤說完，轉身跑開了，深瀨和谷原、淺見三個人一起走進了蕎麥麵店，但蕎麥麵太好吃了，完全無暇在意自不自在或是彼此的交談。

菜單上只有「水蕎麥麵」而已。點餐之後，和普通的蕎麥涼麵無異的蕎麥麵裝在竹盤上送了上來，還附了裝了蕎麥麵沾醬的小碗，和裝了蔥花、山葵的小碟子，但旁邊還有一個裝了鹽的小碟子，和裝了冰水的玻璃碗。桌子旁有一張寫著「食用方法」的紙，根據上面寫的食用方法，要先將蕎麥麵放在冰水裡涮一下再吃。

「原來如此，所以叫水蕎麥麵。」

深瀨忘了是谷原還是淺見這麼嘀咕，雖然對這樣的吃法不太感興趣，但三個人都照做了。

把蕎麥麵在冰水中涮一下之後送進嘴裡，隨著冰涼的口感，蕎麥麵滑進嘴裡，嘴巴和鼻子深處都是滿滿的蕎麥香味。在此之前，深瀨從來沒有意識到蕎麥麵和烏龍麵本身有味道和香味，只覺得是享受麵條的口感和咬勁，以及沾醬的味道，但這次重新體會到，不，應該說這是第一次體會到蕎麥的香氣。

食用說明書上寫著，接下來要沾醬吃。帶著象牙白的瀨戶內海的藻鹽鹹度溫潤，即使直接吃也不會太鹹，用筷子尖沾一點在蕎麥麵上，吸進嘴裡，滿滿的甜味頓時在嘴裡擴散。他終於瞭解，這才是蕎麥麵的味道！在吞下去時，真正體會到什麼叫做恍然大悟。

食用說明上寫著，之後可以按照各自喜歡的方式食用，蕎麥麵沾醬調整了風味和辣度，可以充分襯托蕎麥麵的香氣和味道。雖然走進蕎麥麵店之前已經吃飽了，但三個人又加點了一盤蕎麥麵。

「太讚了。」

谷原用手機拍了照片，寄了電子郵件。淺見問他，是不是寄給女朋友？谷原回答說，是寄給村井。還說剛才在休息區也寄給他好幾張，但村井都沒有回覆。

「他沒有回覆，看來正忙著處理車禍的事，恐怕很難和我們會合。」

谷原一臉遺憾地收好手機，淺見也神情凝重地點了點頭。

「希望他可以趕來。」

深瀨雖然嘴上這麼說，但並不是那麼強烈希望他出現。村井可能也事先蒐集了美食資訊，即使深瀨蒐集的資訊更吸引人，村井也會強烈主張自己的計畫，所以眼前的狀態剛好平衡。

蕎麥麵本身的味道就很不錯，但沾了沾醬更是絕品。他們一路聊著走出麵店，發現廣澤已經站在車旁。他手上拿著手機，但察覺到他們三個人的動靜，立刻塞進口袋，向他們舉起一隻手。

「高原豬怎麼樣？」

谷原問。廣澤心滿意足地回答說，炸豬排差不多有鞋子那麼大，但因為太好吃了，轉眼之間就吃完了。

「咖哩很辣，但肉很甜，簡直是絕妙的搭配。」

廣澤之前無論吃了再好吃的東西，表達方式都很質樸，難得用這種方式稱讚食物，可見真的很好吃。深瀨正在想像高原豬的味道時，谷原像小孩子一樣叫著：「我也好想吃吃看。」

「回程的時候去吃就好了啊。」

淺見說。

「對啊。你為什麼沒有早一點想到？這樣一來，廣澤就可以今天吃蕎麥麵，後天大家一起吃豬排咖哩，兩樣都可以吃到了。」

谷原擡頭看著廣澤，然後順便看向三角形屋頂的餐廳，但回程的時候，大家並沒有去那家餐廳。

離開蕎麥麵店之後，由廣澤負責開車。因為進入了道路寬敞、車流量也減少的鄉間道路。車窗外的風景也漸漸看不到房子，從一片綠油油稻田的田園，變成了還結著青蘋果的蘋果園和萵苣田，不時看到一片花田。

即使換人開車之後，坐在副駕駛座上的谷原仍然唱著〈Surfin' U.S.A.〉，令人驚訝的是，在谷原賣力高歌的同時，廣澤也一起哼了起來。

「這首歌和目前的風景不合吧。」

淺見說話的語氣也比平時更輕鬆。

「視線不要停在山上，要看更上面，要看天空。」

在谷原這麼說之前，深瀨就仰望著天空。雲越來越多，但天空還很藍。他發現自己放在腿上的手指也拍打著節奏。

老實說，原本不知道這趟旅行有什麼好玩，沒想到和情投意合的朋友開車行駛在陌生的土地上，就這麼令人興奮。深瀨在開著冷氣的車內，發現自己的臉頰漸漸紅了起來。

為了避免被鄰座的淺見發現，他把臉更貼向車窗，在前方看到了休息站。谷原也看到了「斑丘高原牛奶霜淇淋」的旗幟，叫著：「我們去吃那個。」廣澤將方向盤轉向了綠色屋頂建築物的方向。

「雖然已經來到了信州，但還是好熱啊。」

谷原舔著冰淇淋說道，但其實坐在戶外的桌子旁並不會覺得太熱，霜淇淋融化的速度也不會比吃的速度更快。

深瀨觀察四周，發現雖然沒有高速公路上休息站的人那麼多，但也有不少觀光客的身影。除了和自己一樣的大學生以外，還有情侶的身影。

「你不買伴手禮嗎？」

淺見問谷原。深瀨這時才第一次知道，谷原有一個在同一所大學交往了兩年的女朋友，整天把「大家」掛在嘴上的谷原，這次並沒有問：「大家呢？」

「回程再買，我看到那裡好像有市場，要不要去買點蔬菜之類的？」

在伴手禮區和美食廣場所在的細長形建築物旁，有一棟像是鐵皮屋倉庫的房子，掛著「高原蔬菜市場」的看板。大家都覺得谷原說得有道理，拍了拍吃完霜淇淋後手上的碎屑，四個人一起走向市場。

萵苣、高麗菜、番茄、青椒……色彩鮮豔的蔬菜看起來都很新鮮美味，價格也都只有一、兩百圓，大家盡情地把各自挑選的蔬菜放進廣澤拿在手上的籃子裡。如果住在老家的母親看到兒子這麼愛吃蔬菜，一定會嚇到。深瀨忍不住覺得好笑。

「看到高原兩個字，就會情不自禁拿起來。」

谷原把裝了三顆鮮紅甜椒的塑膠袋放進籃子時說道。

「你現在才發現嗎？」

淺見笑著回答，把兩袋裝滿差不多像小孩子拳頭那麼大的蘑菇放進籃子。「一袋就夠了。」谷原把另一袋放了回去。廣澤也把五根顆粒飽滿的玉米放進了籃子，谷原又加了一袋番茄說：「這是村井的份。」

後方的角落是麵包區，排列著許多手工製作的純樸麵包，旁邊的手工卡片上寫著「自製酵母麵包」、「使用米粉的麵包」。

「要不要買麵包當明天的早餐？」

深瀨問，谷原回答說：「那明天的早餐就靠你了。」然後親切地向老闆娘打了招呼，老闆娘告訴他，伴手禮區有賣本地酒和本地啤酒，谷原顯然對酒更有興趣。深瀨目送著谷原和淺見離去的背影，問站在自己身後的廣澤，要選哪一種麵包，廣澤說：

「我想趁沒忘記時，先去買個伴手禮。」

「喔。」深瀨應了一聲，廣澤把裝滿蔬菜的籃子交給他，小跑著離開了。之前聽廣澤說，他打算中元節回家，是要買帶回家的伴手禮嗎？

深瀨決定在找到工作之前暫時不回家，他無法接受家裡認為他自己找不到工作，就託朋友介紹，結果擅自為他在老家附近安排工作。雖然每次接到落榜通知就想要屈服，但絕對不再回老家的想法，成為他持續找工作的動力。

雖然眼前的情況並不是大家放心地交給他處理，而是把這件事推給他，但既然這樣，那就選自己喜歡的。深瀨把貼著「石窯烤核桃麵包」的手寫標籤、直徑有二十公分左右的圓麵包放在籃子裡的蔬菜上。

麵包貨架旁排放著小瓶子，是果醬和蜂蜜。每個小瓶子上都貼著用手隨意撕開的和紙，上面用毛筆寫著「森川家的果醬」、「森川家的蜂蜜」。小農的名字比「高原」兩個字更吸引人。深瀨這麼想道，拿起一瓶果醬。紫色的果醬應該是藍莓，但瓶子上並沒有寫水果的名字。他推測紅色的是草莓醬，黃色的是蘋果醬，最後把蘋果醬的瓶子放進了籃子。

他決定再買一瓶蜂蜜。蜂蜜和果醬不同，只有一種而已。看起來像焦糖醬的深褐色蜂蜜似乎凝聚了阿爾卑斯的大自然精華，他很想當場舔一口。

他又拿了一瓶寫著「珠江奶奶的沙拉醬」的瓶子放進籃子，因為這瓶沙拉醬使用了姓名加奶奶的無敵名字。最後，他發現忘了買最重要的東西。當他拿起「珠江奶奶的烤肉醬」的瓶子時，谷原、淺見和廣澤一起回來了。

結完帳，把東西放進後車廂後，谷原關上車門說：「太完美了。」但淺見發現高山後方的西側天空出現了烏雲。

「聽說山裡的天氣變化很大。」

大家並沒有太在意，但立刻坐上了車，希望在下雨之前趕到別墅。淺見再度坐在駕駛座上。

在平地行駛了一會兒，層巒疊嶂的山脈漸漸出現在眼前。經過幾個坡度緩和的蜿蜒坡道後，來到一個小型溫泉街。這裡也是知名的滑雪勝地，有好幾家拉下鐵門的滑雪用品出租店。穿越溫泉街後，看到了「斑丘高原滑雪場」的招牌，雖然路標顯示要在數公尺前方左轉，但車子筆直前進。

「再開一小段路，就有通往高手滑雪道的路，我們要沿著那裡上去。」

淺見握著方向盤說道。村井的母親平時可能只在住家附近開車，所以這輛Vitz上沒有衛星導航，但淺見沿途都沒有迷路，也沒有停下來查地圖，應該事先仔細調查了路線。

「既然會在滑雪場建別墅，可見滑雪技術一定很好，如果周圍都是小木屋，應該會住得很不自在吧。」

谷原打開窗戶。

「哇，好涼喔。」

深瀨也打開窗戶，涼爽的風吹在臉上。他們關了車上的空調，打開了所有的窗戶。灰色的雲在天空中越聚越多，空氣中也可以感受到溼度，但絕對不會不舒服。道路兩側都是高大的針葉樹林，感覺好像在享受森林浴。

道路兩側不見房子，只看到一片森林時，出現了一塊小型看板。上面寫著「西斑丘高原」。車子轉向了看板指示的左側方向，轉過一個又一個看不到前方的彎道，每轉彎一次，道路就變得狹窄。深瀨雖然不會暈車，但如果視線不固定在遠方，就會覺得頭暈。最後緩緩地轉過一個大彎道後，右側的視野終於開闊起來，下方是一片陡峭的懸崖。
「萬一有對向來車怎麼辦？」
谷原握緊安全帶，隔著擋風玻璃看向懸崖下方的谷底問道。沿著山間斜坡開鑿的狹窄山路靠懸崖那一側雖然有護欄，但不知道是否曾經被車子衝撞，好幾處都凹了下去，讓人完全無法安心。深瀨慶幸自己坐在副駕駛座後方靠山的那一側，偷偷鬆了一口氣，以免身旁的廣澤察覺，但如果整輛車墜入山谷，坐哪一側都馬上完蛋。
「你說的話通常會成真，所以可不可以稍微安靜一下？」
淺見看著前方說道。
「好啦好啦。」谷原把汽車音響的音量也調小了。
「不知道別墅有沒有電。」
廣澤說。
「聽說所有的東西都一應俱全，所以應該沒問題吧。雖然路況不太好，但既然通往滑雪場，電力應該沒問題。」
谷原回答。
「那就好，因為我剛才發現沿途完全沒有路燈。」
聽廣澤這麼說，深瀨也察覺到這件事。如果晚上才到，開車就更緊張了。
「啊！」谷原叫了起來，「這裡收得到訊號，雖然只有一格。」

谷原把手臂伸向後車座，出示了手機螢幕。深瀨也鬆了一口氣，好像終於確認了救生索。

「淺見，你放心吧，即使發生車禍，也可以打電話叫JAF。」

「我不是叫你別說這些嗎？」

淺見有點生氣地對開玩笑的谷原說道。

不一會兒，令大家一度陷入恐慌的山路終於變成了可以讓兩輛車子會車的寬度，彎道也變得緩和了。兩側不再是森林，可以看到紅棕色的單人吊車。當然沒有運轉。

車子原本就開得很慢，淺見更加放慢了速度。

「看到吊車後，駛入左側的第一條岔路，是不是這裡……」

車子駛入沒有鋪柏油的岔路，看到山坳處建了一棟藍色三角形屋頂的房子。那就是村井叔叔的別墅。

車子開進有屋頂的車庫停好後，谷原用村井交給他的鑰匙打開了玄關大門。

深瀨當初聽說要來非熱門季節的滑雪場別墅，以為室內必定積滿灰塵。不知道村井叔叔家是否才剛來這裡住過，還是請清掃業者來打掃過，無論地板和家具都擦得很乾淨。一按開關，電燈就亮了。

「村井說，他叔叔的臥室等禁止進入的房間都上了鎖，所以只要能夠打開的房間都可以使用。先把東西都搬進來吧。」

聽到谷原這麼說，四個人接力把各自的行李袋和食材搬了進來。雨滴打在臉頰上。

「幸好早到一步。」

淺見說著，發自內心地鬆了一口氣說道。深瀨對只有出發之前提供了一杯咖啡，就一直讓淺見開車產生了些許罪惡感。

「開車辛苦了，我來準備晚餐，你去休息一下。」

聽到深瀨這麼說，淺見笑著說：「那就交給你了。」然後再度仰望著天空說：

「烤肉恐怕無望了。」雖然四點才剛過，但天空暗得好像快天黑了。

沒想到廚房的桌子上放著電烤盤，周到的準備簡直令人感動。

「颱風好像今晚會在關東登陸。」谷原在廚房隔壁有暖爐的寬敞客廳內打開電視說道，電視螢幕上的天氣圖顯示整個東日本都慢慢被雨雲籠罩。

「我們趁颱風之前趕到，反而很幸運啊。」

深瀨說，其他三個人都點著頭。

事後深瀨為這句話感到後悔。因為運勢很強的谷原說的話會成真，運氣向來很差的深瀨說的話，事態就會向相反的方向發展。電視畫面切換到受到狂風暴雨襲擊的靜岡的漁港，雨聲和窗外的聲音合在一起。「這裡也開始下大雨了。」谷原說著，關掉了電視。

深瀨正想提議要不要泡咖啡，但谷原說：

「我看還是不要去外面比較好。雖然時間有點早，但我們來準備晚餐，喝個痛快。」

深瀨走去廚房，谷原對淺見和廣澤兩個人說：「開車的人去睡覺。」但廣澤說，自己剛才並不算是開車，也跟著走進了廚房。

「哇，這些肉超讚的。」

谷原打開村井交給他的手提冰箱說道。向來和高級肉無緣的深瀨，也一眼就可以看出那是高級肉。帶著漂亮油花的牛肉切成烤肉用大小，整齊地排列在B4尺寸的黑色塑膠盤子上，總共有五盒。

「我以後看到村井，要叫他村井大人。」

谷原對牛肉膜拜，深瀨和廣澤也合著雙手說：「我也要，我也要。」然後放聲大笑起來。「你們好像玩得很開心啊。」淺見也走進了廚房，最後四個人一起做準備工作。

谷原和淺見打開罐裝啤酒，輕輕乾杯後開始做事。深瀨想起沒有買任何飲料，但想到這裡的自來水應該很好喝，所以並沒有太在意這件事。

深瀨在剝洋蔥皮時，廣澤俐落地切著彩椒。谷原和淺見為到底該用手撕高麗菜，還是用菜刀切爭執了一番，最後決定同時準備烤肉用和生食用，立刻解決了這個問題。大家不知不覺地哼起了長時間開車時聽的音樂，邊哼歌邊做事。淺見一臉嚴肅地說，他懷疑研討小組的指導教授山本教授戴了假髮，大家都哈哈大笑起來。

廣澤也笑了。

照理說，應該可以笑著度過暴風雨的夜晚。

準備晚餐時，谷原和淺見按各自的速度喝著啤酒，谷原喝了三罐，淺見喝了兩罐。餐桌上的烤肉已經準備就緒，當他們按照在研究室時的座位順序坐下後，谷原從廚房冰箱裡拿來四罐啤酒，俐落地放在各人的面前。

深瀨道謝的同時，不禁懊惱地想道，如果可以立刻伸手拿冰涼的啤酒來喝，不知道有多開心。谷原和淺見並沒有察覺他的表情，打開了啤酒罐的拉環。

「來，乾杯。」

谷原拿起啤酒時發現深瀨和廣澤並沒有拿啤酒。

「不好意思，我、不能、喝酒。」

廣澤滿臉歉意地雙手合十說道。「我也不行。」深瀨也做出了相同的動作。之前兩個人單獨吃飯時，廣澤都沒有喝酒，深瀨一直以為是在配合自己，沒想到廣澤也不能喝酒。他這才想起他們之前從來沒有聊過能不能喝酒這件事。看到現場能喝酒和不能喝酒的人各占半數，深瀨暗自鬆了一口氣，覺得不必為這件事感到擡不起頭。

「什麼意思啊？那大家來這裡根本沒有意義嘛。」

谷原語帶不滿地說道，把自己的啤酒罐重重地放在木桌上。深瀨聽到「咚」的聲音，忍不住縮起了身體。「你不要這樣說啦。」淺見安撫著他，谷原打斷了淺見說：「唉，真是沒勁。」

「對不起。」深瀨小聲說道，但谷原似乎沒有聽到，他把矛頭對準了廣澤。

「廣澤吃午餐時也單獨行動。一下子想吃咖哩，一下子不能喝酒，這已經不是我行我素，根本是以自我為中心。」

「這是體質問題啊……」

廣澤尷尬地看著桌上的一點嘀咕道。

「你說什麼？」谷原用比他大一倍的音量問道。

「別激動，別激動。」淺見勸解著，轉頭看著深瀨問：

「你不是不能喝，只是沒喝過，對不對？」

「不……」

淺見說得好像他從來沒機會和同學聚餐，讓他感到有點莫名其妙，但如果真是這樣，不知道該有多好。深瀨回想起過去，他從來沒有想到自己體質不能喝酒。父親酒量很好，每天晚上都會喝啤酒和日本酒，深瀨也知道好幾個牌子的酒。有時候聽同學說，他們的父親會偷偷給他們喝酒，但深瀨從來沒有這種經驗。

他在滿二十歲的新年回家探親時第一次喝啤酒。叔叔和嬸嬸帶了成人式的賀禮來家裡，留在家裡一起吃晚餐。叔叔在深瀨的杯子裡倒了啤酒說，今天不必拘束，開懷暢飲一番。深瀨聽到端菜上來的母親輕輕「啊」了一聲，但覺得母親還把他當成小孩子，於是猛然拿起杯子，把一大口啤酒咕嚕一聲喝了下去。

啤酒很苦，並不好喝，但並不是討厭的味道，有點像第一次喝黑咖啡時的感覺。

他決定接下來要慢慢喝，品嚐一下味道。就在這時，肚子周圍突然發癢。他一隻手伸進運動服的下襬，輕輕抓了一下，覺得發癢的部位漸漸擴散。到底是怎麼回事？他放下杯子，雙手掀起衣服的下襬，只聽到嬸嬸發出尖叫聲。

肚子上出現了斑駁的顏色，好像用指尖沾了紅白的顏料胡亂畫在肚子上，而且轉眼之間，就擴散到後背和脖子上，紅色漸漸多於白色，在全都變成紅色時，強烈的發癢襲向全身，好像電流貫穿，他癢得只能滿地打滾。

父母雖然關心地詢問，但並沒有驚訝，也沒有慌張地叫救護車。深瀨猜想自己年幼時，父親應該給他喝過酒，或是自己誤把酒當成茶或水喝了下去。由於當時也出現了相同的症狀，所以父母已經習慣了。正因為這個原因，高中畢業之後，在迎接二十歲生日之際，父母都沒有叫他喝過酒。

既然這樣，他希望父母可以早點告訴自己。如果只是身體表面發癢，只要抓到流血，或許可以舒服些，但好像有數百條菜蟲在皮膚下五公分、十公分的地方蠕動的感覺，只能難受得滿地打滾。父母不停地給他喝水、嘔吐之後，好不容易才安靜下來。

他簡略地說明了這些症狀。

「雖然很難想像，但好像後果很嚴重。」

谷原說他最怕菜蟲，抖著身體，摸著手臂。

「早知道應該買些無酒精啤酒，至少應該買瓶可樂。」

淺見一臉歉意地看向大冰箱的方向。立志成為教師的他，似乎為自己沒有想到各人體質不同這件事感到懊惱。

「那也沒辦法，雖然有點無聊。那你們兩個人就喝水，我們重新乾杯。」

谷原似乎也不再堅持要他們喝酒。沒想到……

「那我還是喝酒吧。」

廣澤拿起啤酒罐，打開了拉環。深瀨覺得噗哧的聲音緩和了室內的氣氛。

「你不必勉強。」

淺見關心地說，然後轉頭徵求谷原的同意，「對不對？」對啊，別喝了。深瀨雖然沒有說出口，但露出這樣的眼神看著廣澤。

「沒關係，剛才聽了深瀨的話，覺得不好意思用相同的理由拒絕。我只是喝了之後會馬上想睡覺，也許等一下完全沒辦法幫忙收拾了。」

廣澤說完，把啤酒罐舉到眼前。

「那我也一樣啊，淺見酒量很好。至於收拾，明天再一起整理就好。那就來乾杯。」

谷原也舉起了啤酒罐，淺見也跟著舉了起來。深瀨也裝模作樣地拿起了啤酒罐。

「為山本研討小組的同學和……夏天，什麼都沒有的斑丘高原的前途，乾杯！」

四個人用啤酒罐乾了杯。雖然只發出沉悶的聲音，但在深瀨的記憶中，這個場景配上了好像輕薄的香檳杯在清澈的空氣中相碰般的聲音。

宛如青春劇中的一個場景。

吃了一塊肉之後，乾杯前不平靜的氣氛立刻煙消雲散。即使深瀨沒有深切地訴說自己無法喝酒的理由，廣澤不需要勉強喝酒，即使氣氛一度變得更加惡劣，應該也沒問題。

深瀨在平時深深體會到好喝的咖啡能夠讓人心情平靜，但此刻咀嚼著肉，深刻體會到好吃的肉可以讓人雀躍，自然地展露笑容。油花分布均勻，口感香甜的肉在舌尖上融化，滑進喉嚨深處，讓人忍不住希望肉可以在嘴裡多停留片刻。

「這可能是我這輩子吃過最好吃的肉。」

谷原好像舞臺劇演員般誇張地說，深瀨和其他兩個人也同意這句話，一邊吃著肉，一邊用力點頭。

「這樣好像很對不起村井。」

廣澤把肉吞下去後說道。

「他不能一起參加的確很可惜，但如果是因為這些肉，就不必放在心上。他家經常吃這種肉。」

谷原繼續大口吃著說。

「是嗎？會不會是因為大家一起出來玩，所以他特地去買了高級的肉？」淺見看著裝了肉的盤子。這不是附近超市賣的肉，深瀨突然擔心村井會不會事後要求大家平攤買肉的錢。大家一起來村井親戚家的別墅，但沒理由連食物都要由村井準備。

「你們想太多了。啊，對喔，只有我去過他家。晚餐竟然吃整套的大餐，嚇死我了。」

谷原說。

「那搞不好是因為你去他家玩，特別為你準備的。」

「即使這樣，會吃整套的大餐嗎？如果你們來我老家玩，我媽即使卯足全力，最多只能同時把壽喜燒、炸豬排、炸雞塊同時擺在桌上。」

「我家也一樣，還會加一道咖哩。」

廣澤說。他在乾杯之後，幾乎都沒有喝啤酒，但不知道是否有點醉了，說話的語氣比平時更興奮。「你家果然有咖哩。」谷原苦笑著說完，起身去拿新的啤酒。
「我媽做的是壽司捲，因為覺得最好有肉，所以做了棒狀的漢堡排，然後一起做成壽司捲，結果最受歡迎，之後就變成只有漢堡排壽司捲了。」
淺見瞇起眼睛，充滿懷念地說著，從谷原手上接過啤酒。
「漢堡排壽司捲嗎？聽起來很好吃，深瀨，你家呢？」
廣澤問。深瀨家在中元節和新年，桌上也會擺滿佳餚，但根據大家剛才的談話，似乎必須回答請同學來家時吃什麼。如果是這樣，他不知道該怎麼回答。自己有邀同學回家的經驗嗎？而且他不記得曾經邀同學在家裡吃飯，也沒有受邀去同學家吃飯。到底什麼時候會邀同學來家裡？生日嗎？還是聖誕節？
「我們家應該是壽喜燒，或是烤肉，但當然不是這麼高級的肉。還有生魚片，都會請附近的魚店送來。」
無奈之下，他只好說了親戚來家裡作客時的菜單。
「新鮮的生魚片，好棒啊。真希望畢業之前，輪流去每個人的老家一趟。」
谷原說道，誰都沒有反對，但也沒有具體討論這件事。深瀨畢業後的工作還沒著落，當然不可能回老家，更不可能和已經被大企業錄取的同學一起回家。深瀨覺得廣澤應該也有同感，瞥了他一眼，發現廣澤仰頭喝著啤酒，似乎把整罐都喝空了。

他們不時在意外面的天氣，天南地北地閒聊著。谷原有點遺憾地說，可能沒辦法玩滑翔傘和熱氣球了。淺見回答說，雨聲慢慢變小了，天亮之前應該就會停吧，但沒有人看電視或手機確認天氣預報。

大家都吃得很專心。不光是因為肉好吃，在沿途的休息站買的蔬菜也毫不遜色。吃了一大堆肉之後，以為吃飽了，咬了幾口甘甜的洋蔥和味道濃郁的甜椒，又再度想吃肉了。

「是不是這個醬汁特別好吃？」

谷原拿起生的高麗菜，沾了大量沾醬後咬了起來。

「真的耶，要不要買幾瓶帶回家？」

淺見拿起醬汁的瓶子，打量著標籤。

「上面沒寫使用了什麼材料。」

「這樣才好啊，不是嗎？可以增加手工製作的感覺，也有祖傳秘方的味道。我也要帶回家，光靠這種醬汁，就可以吃三碗白飯。」

「別說這種窮酸話，你的夢想不是要成為有錢人嗎？」

「說對了！我要住在有游泳池，還有傭人侍候的大房子裡，每個週末都要開轟趴。生日的時候要請職業歌手來家裡為我唱一首歌。」

雖然聽起來像小學生的夢想，但深瀨覺得已經被大型商社錄取的谷原，也許在不久的將來，真的會實現這樣的夢想。之前在電視上還是哪裡聽過上班族派駐海外的生活，和谷原說的差不多。

「谷原，你讀小學的時候，不是曾經在國外住過三年嗎？」

廣澤問道。

「是啊，因為我爸的工作關係去了美國。」

谷原的父親在中堅家電製造商工作，在谷原小學二年級到五年級的三年期間，帶著全家到海外工作。

「當時公司對他說，如果一個人去，要去五年，如果帶全家，就只要三年，所以就全家一起去了。」

聽到愛達華州，立刻聯想到洋芋片、聯想到很大的城鎮，但聽說是很鄉下的地方，和鄰居家通常都相隔好幾公里。那裡沒有日本學校，谷原連英文字母都寫不好，就被送去當地的小學。班上另一個日本同學的家裡，就過著成為谷原未來夢想的生活。

「那個同學送我一張鑲著金框的邀請函，問我要不要去他家參加轟趴。我以為是他生日，結果帶著禮物上門，才發現並不是這麼一回事。我問他，那為什麼要開轟趴，他竟然說，開轟趴需要理由嗎？」

谷原不知道是否在模仿當年的同學，歪著腦袋、嘟著嘴說話。

「搞不好那個同學也在九條物產，結果還是和你同一個部門的前輩。」

淺見調侃道。小學同學是公司的前輩？深瀨這時才知道谷原曾經重考一年。

「這樣也很好玩啊，這次輪到我邀請他來參加轟趴。對了，淺見以後想當老師，你們未來有什麼夢想？」

谷原輪流看著深瀨和廣澤問道。深瀨覺得他既不像在揶揄自己工作還沒著落，也不是在表示同情，只是在問兒時的夢想。廣澤似乎也有同感。

「我想當棒球選手。」

「嗯？廣澤，你高中時不是排球隊的嗎？」

深瀨問道，似乎在炫耀自己知道得很清楚。

「咦？我沒告訴你嗎？我在中學時是棒球隊，高中原本也打算繼續打棒球，但人數不足，而且球隊也很弱，結果我還在猶豫，排球隊就向我招手，所以就加入了排球隊。」

原來是這樣。深瀨點了點頭。自己腦袋裡好像有個人資料的檔案，立刻補充了這筆資料。這種感覺浮現在他腦海。

「在我肩膀受傷之前，我也認真想當職棒選手，然後和女主播結婚。深瀨，你的夢想是什麼？」

「我的夢想……」

深瀨並不是因為突然被問到而答不上來。當時他的目標就是要離開老家，為此努力用功讀書。他無論如何都不想回老家，所以申請了總公司在東京的大企業，但這些應該無法稱為夢想。

他並不是沒有興趣愛好。他很喜歡閱讀，但並沒有想過要成為作家，或是去出版社、書店工作。為什麼自己從來沒有想過把興趣當成工作？……應該是想為自己留好退路。

「你從來沒想過要做咖啡相關的工作嗎？」

廣澤問。

「對啊，深瀨的咖啡絕對可以賺錢，你也很有數字概念，開咖啡店應該會生意很好。」

淺見說。

「好主意，如果離我很近，我每天會去光顧。即使距離很遠，一旦有這種地方，畢業之後，我們這些人還可以再聚在一起。」

谷原也表示贊同，深瀨想像著小咖啡店。素淨色調的店內只有一張吧檯，眼前這幾個人坐在吧檯前。不，還有一個人……

這時，電話鈴聲響了，好像在呼應深瀨的幻想。是谷原的手機。

「村井打來的。」

谷原看了手機螢幕後，對他們三個人說道，然後接起了電話。在意識到別墅外的同時，覺得雨聲特別大。

雖然聽不到村井在電話中的說話聲，但從谷原回答說：「喔，你已經到那裡啦。」得知他正趕來別墅這裡。深瀨、淺見和廣澤同時看向已經吃空的肉盤，露出「慘了」的表情互看著，聳了聳肩。

「沒辦法去接你啦，淺見和廣澤都已經喝了酒。」

谷原拿下電話，快速向他們說明了情況。村井已經到了「西斑丘高原站」。

「你可以搭計程車啊，沒有？那可以叫車啊。我們幫你分攤計程車錢。」

谷原斷然拒絕了村井的要求，但村井似乎在發牢騷。

「他說那裡是無人車站，商店全都拉下了鐵門，四周一片漆黑，而且車站的候車室還在漏雨。」

谷原對淺見說。可能回想起剛才來別墅的坡道，覺得如果要開車去接村井，只能拜託淺見。淺見一副用力皺著眉頭，似乎在說「饒了我吧」，然後提出了另一個方案。

「只要回到前面那一站『斑丘高原站』，應該比較容易叫車，也有地方可以打發時間。」

谷原把淺見的話轉達給村井。

「要等一個小時？那太慘了。」

谷原說話時不時瞥向淺見，淺見故意移開了視線。

「雖然等車可能有點受不了，但你還是叫計程車吧，從這裡開車去接你，和你等計程車的時間應該差不多。」

谷原安撫著村井，但村井似乎動了怒。你們以為自己在誰家的別墅，開誰的車去那裡的？我還準備了高級的肉。聽到這些，谷原看著已經吃空的盤子，嘆著氣說：

「我會叫淺見或廣澤去接你。……好啦，我知道了，我會告訴廣澤。」

谷原說完，掛上了電話，然後不發一語地輪流看著淺見和廣澤，似乎在問，你們誰要去接他？

「我沒辦法。」

淺見說。淺見面前有四個啤酒空罐，杯子裡還有路上買的葡萄酒。

「但天氣這麼惡劣，路況又差，廣澤應該沒辦法吧……沒關係啦，你喝這點酒，根本像喝開水一樣，而且也完全看不出來。」

「如果臨檢做酒測，馬上就完蛋。」

「在這種鄉下地方，而且這種天氣，怎麼可能有酒測臨檢？」

「沒有人能夠百分之百保證沒有，而且正因為是這種天氣，警察可能會因為發生土石流而疏導交通，我絕對不去。」

「你想太多了，而且是這次搞定所有一切的村井在拜託你。」

「即使這樣，也不能毀了我的未來啊。」

淺見強硬的態度讓谷原閉了嘴。深瀨也知道淺見對教師這份職業的熱愛，谷原應該更清楚。深瀨想起讀小學時，好像有一位老師因為酒駕遭到懲戒免職處分。深瀨回想起隱約留在遙遠記憶中的報紙第三版的報導。

「那你打電話給他，說你沒辦法去接他。」

「這……」

「你說你在考試期間絕對不能酒駕，村井應該能夠接受吧。」

深瀨也認為應該這麼做，但淺見似乎不太願意。他低下了頭，然後擡了起來……

「廣澤，你可不可以去？」

他一臉歉意地拜託廣澤。

「這！」

深瀨被自己大聲說話的聲音嚇到了。淺見和廣澤都有駕照，但兩個人都喝了酒，淺見剛才已經說明了在這種狀態下開車的風險，他拜託和他條件完全相同的廣澤，顯然認為自己和廣澤不一樣。

哪裡不一樣？對未來抱有夢想，而且即將實現夢想的人，和沒有夢想，也不可能實現夢想的人。淺見根本看不起廣澤，認為沒有特別想做的事，也還沒有找到工作的廣澤，萬一酒駕被警察抓到，也不會失去太多。如果深瀨有駕照，即使喝了酒，淺見也會像拜託廣澤一樣，叫他開車去接村井。

開什麼玩笑！他很想這麼說，但他不敢說這種話。因為自己沒有駕照，所以沒有資格在目前的討論中表達意見，但是，應該還有其他方法。雖然這樣有點像在欺騙村井，但可以打電話到計程車行，請他們派車去「西斑丘高原站」。他覺得這個主意很不錯，正想要這樣提議。

「那我去。」

始終不發一語的廣澤說完後站了起來，說話的語氣就像剛才吃飯時說「還想再來點甜椒，我去切」一樣輕鬆。

沒問題嗎？深瀨正想問廣澤，被谷原打斷了。

「謝啦，太好了。要注意安全，慢慢開沒關係，而且村井剛才說，如果你去接他，回程他可以開車。沿途都是下坡，應該沒問題。」

深瀨很想嘆氣說，開車不是騎腳踏車。

「我會聯絡村井，說你會去接他。」

谷原話還沒說完，就開始傳電子郵件。

「鑰匙在哪裡？」

廣澤問。

「在我行李袋的口袋裡。」淺見站了起來，剛才他一個人休息時，似乎已經把行李袋拿去二樓的臥室。

「我想洗一下臉，盥洗室在哪裡？」

「啊，在那裡。」

谷原站起來，帶著廣澤走了出去。房間內只剩下深瀨一個人，感到很不自在，坐在那裡毫無意義地東張西望，看到了廚房流理臺旁的保溫杯。應該是淺見剛才把放在駕駛座杯架上的保溫杯帶了進來。

深瀨走去廚房，在單柄鍋裡裝了水，放在瓦斯爐上，然後去客廳的袋子裡拿了泡咖啡的器具後裝好。一杯份的熱水立刻煮沸了，看到谷原回來找毛巾，深瀨推測有足夠的時間，於是用不織布濾袋慢慢滴濾。

「廣澤，鑰匙給你。」玄關傳來淺見的聲音，深瀨發現廣澤從盥洗室直接走去玄關，慌忙追了過去。

「廣澤！」

他對著坐在門框上，正在綁球鞋鞋帶的廣澤的後背叫了一聲。可能洗了臉之後感到神清氣爽，廣澤轉過頭時，臉上已經沒有剛才的緊張了。

「這個給你。」

他遞上保溫杯。

「你為我泡了咖啡嗎？」
「對不起，我只能做這點事。」
廣澤伸出大手接過杯子，打開飲用口，瞇起眼睛嗅聞香味後，啪的一聲關了起來。
「開車的人真占便宜，謝謝啦。」
說完，他站了起來，打開了厚實的木門。
「路上小心。」
深瀨說道，站在深瀨身後的淺見說：「不好意思啊。」谷原輕鬆地說：「不要打瞌睡啊。」在房子內以為漸漸變小的雨聲，一打開門，嘩嘩的激烈雨聲立刻和涼意一起撲了進來，好像在顯示雨並沒有停。
「那我走了。」
廣澤舉起一隻手露出微笑，立刻走出門外，反手關了門，似乎避免雨打進室內。不一會兒，聽到引擎的聲音，隨即好像被吸入雨中般聽不到了。
留在玄關的深瀨、淺見和谷原有點尷尬，彼此互看了一眼後，立刻移開了視線，但不能就這樣傻傻地等廣澤和村井回來。
「肉都吃光了，所以還是收拾一下吧。」
回到飯廳，淺見巡視著四散的殘骸說道。

「是啊。」

深瀨把手邊的盤子疊了起來。有事可做比較能夠分心。谷原也把盤子拿去流理臺，看到了深瀨放在那裡的咖啡器具。

「不好意思，我馬上來收。」

「不，你不用收了。」

谷原說，深瀨一臉訝異地看著他，但他說這句話並不是排斥自己。

「可不可以請你用原本打算明天早餐吃的麵包，為村井做點三明治之類的，給他當消夜？他剛才說商店都關門了，他到這裡之後，如果抱怨肚子餓，我們也很傷腦筋。」

原來是這樣。深瀨立刻開始著手準備。他俐落地把咖啡器具挪到一旁，把流理臺讓給他們洗碗，拿著菜刀、切菜板和食材走去餐桌。默默做事很不自在，他打開了客廳的電視。颱風似乎在關東地區登陸，電視中播放著各地的影像。因為他調大了音量，淺見和谷原應該也都聽到了。

深瀨聽著東海道新幹線停駛的新聞時，聽到谷原對淺見說：

「村井竟然可以趕來這裡，搞不好會被迫停在半路，結果我們還叫他自己叫計程車，他當然會火大，我們還是有點心理準備。」

「讓他盡情罵個五分鐘，他心情就痛快了，你不要中途打斷他。」

他們兩個人似乎很瞭解和村井的相處之道。深瀨起初還有點羨慕，面帶笑容地聽著他們說話，但默默低頭做事時，殘留在內心的疙瘩再度膨脹。

既然這樣，就做好挨罵的心理準備，讓村井叫計程車不就好了嗎？真不想繼續留在這裡。想到這裡，覺得自己應該和廣澤一起去。

為什麼剛才沒有想到？因為只要接村井一個人，即使深瀨一起去，也完全沒有任何影響，而且，那輛車子可以坐五個人，大家可以一起坐車去接村井。雖然後車座坐三個人有點擠，但大家一起坐在車上開心嬉鬧，根本不會在意這種事。與其在這裡擔心村井心情不好，大家一起去接他，不是可以當場解決問題嗎？

下這麼大的雨，大家都一起來接你。深瀨可以輕易想像谷原一副以恩人態度自居的樣子這麼說話，如今要廣澤一個人面對村井的怒氣未免太可憐了。廣澤是代表大家去接村井，村井也不至於直接責備廣澤，但回來的路上，可能會提到烤肉的事。如果村井問，我那一份肉，應該有留下吧？廣澤該怎麼回答？廣澤甚至不知道深瀨正在做三明治。

「呃……」他轉頭看向谷原和淺見，他們醉意已消，正俐落地收拾著。谷原把餐具放回碗櫃，淺見正在洗電烤盤的鐵板。

「嗯？」回答的是谷原。

「要不要傳電子郵件給廣澤，說我們為村井準備了消夜。」

沒必要直接傳電子郵件給村井，暗示他肉已經吃完了。

「好啊，否則村井可能會要他先去便利商店。」

聽到谷原的回答後，深瀨暫時中斷製作三明治，傳了電子郵件給廣澤。

『開車辛苦了，我正在為村井做三明治，也準備了你的份，敬請期待。』

深瀨繼續做三明治，但並沒有收到廣澤的回覆。他在連續髮夾彎的坡道上開車，沒有回覆也很正常。深瀨完全沒放在心上。

三個人分別整理完畢、做完消夜後，深瀨在谷原的要求下，泡了三人份的咖啡。在廣澤和村井回來之前，大家都無法心情悠然地喝酒。

三個人拿著馬克杯坐在客廳的大沙發上，彼此保持了微妙的距離。谷原操作著電視遙控器，一臉無趣地擡頭看著牆上的時鐘說：「只接收得到ＮＨＫ嗎？」牆上的是古董掛鐘，但並不會報時，深瀨發現已經晚上九點多了。廣澤離開別墅時，他沒有看時間，應該已經過了一個小時。

「他們差不多快回來了吧？」

淺見說。三個人的視線很自然地看向玄關的方向。這時，谷原的手機響了。

「是村井。」谷原一邊說，一邊接起了電話。

「什麼？一個小時前就出發了啊，沒打電話回來，應該要到了吧？你再等一下。」

谷原說完，立刻掛上電話。村井似乎很生氣，他很受不了地聳了聳肩。

「還沒到？會不會太奇怪了？從這裡到『西斑丘高原站』只要開二十分鐘，即使放慢速度，也不需要開一個小時。」

淺見事先調查了周邊的地圖，也瞭解車站的位置。

「會不會搞錯了，去了『斑丘高原站』，我剛才是不是說『西斑丘高原站』？」

谷原在說話時，用手機查了地圖，發現沿著坡道下山後，轉向白天來時的方向，就會開去「斑丘高原站」。

「不管他開去哪個車站，如果沒看到村井，就會打電話啊。」

淺見說。

「會不會中途遇到土石流，禁止通行，所以又折返回來？」

深瀨也說出了想到的可能性。

「即使這樣，也應該會和我們或是村井聯絡啊。」

「廣澤有沒有帶手機出門？他在重要的時候經常忘東忘西，搞不好他這次旅行根本沒帶手機出門。」

「他帶了手機。」

深瀨想起走出蕎麥麵店時，看到先吃完飯的廣澤手上拿著手機。

「那我們就別說廢話了，先打電話給他。」

手上還拿著手機的谷原撥打了廣澤的電話。

「……您撥的電話已關機，或是收不到訊號。」

谷原掛上了電話。

「我記得那個坡道上可以收到訊號。」

谷原的聲音漸漸不安起來。

「但並沒有沿途一直確認，搞不好中途有收不到訊號的地方。也許在哪裡……熄火了。」

深瀨的腦海中浮現出另一個畫面，但他並沒有說出口。

「會不會、在谷底……」

「別說了！」

淺見尖聲打斷了谷原的話，深瀨嚇得忍不住抖了一下。

「對了，我記得車庫裡好像有腳踏車？」

淺見衝出客廳，連鞋子都沒穿好，就衝出了玄關。谷原和深瀨追了上去。深瀨這才發現雨已經停了。光是雨停了這件事，就稍微緩和了內心的不安。車庫後方有兩輛登山車，幸好都沒有上鎖，而且輪胎也有氣。

「我去看看。」

淺見說完，把前面那輛腳踏車推了出來，騎在車上。

「喂，別亂來，沿途連路燈都沒有，太危險了。」

谷原試圖制止他。

「萬一廣澤受傷了怎麼辦？」

淺見堅持己見。

「真拿你沒辦法，那我也去。」

谷原也握住了腳踏車的把手。

「等一下，我……」

深瀨想說他也去，但已經沒有腳踏車了。

「因為只有一條路，所以應該沒有問題，但萬一和廣澤他們擦身而過就傷腦筋了，所以你留在這裡。」

谷原還沒有說完，淺見說了聲：「走了。」就騎了出去，谷原也跟了上去。兩個人的身影宛如消失在黑暗中不見了。深瀨覺得好像一個人被留在森林深處，急忙走回屋裡。

掛鐘滴答滴答的聲音傳入耳中。剛才也這麼大聲嗎？他擡頭瞪著掛鐘，但時間的流逝並不會改變，他覺得好像即將發生不幸的事，正在倒數計時，所以把電視的音量開大，試圖蓋過掛鐘的聲音，但是，他完全不知道電視在演什麼。

大家回來的時候會笑著說：「就在半路上遇到了啊。」村井開玩笑地說：「沒想到竟然騎腳踏車來接我。」谷原扮著鬼臉回答：「還不是為了你。」廣澤一臉不好意思地抓著頭說：「我不小心迷路了。」「幸好都平安無事。」淺見鬆了一口氣，對大家說。這些想像一次又一次在腦海中重演。自己會為大家泡咖啡。要不要再多做一些三明治？雖然這麼一來，明天的早餐就沒了。

他走去廚房時，手機響了。是廣澤。他興奮起來，但螢幕上顯示的是村井的名字。四月時相互交換了電話，但村井從來沒打電話給他。他清了清嗓子，接起了電話。

『喂？到底是怎麼回事？車子到現在還沒來，谷原和淺見也都不接電話。』

深瀨告訴他，谷原和淺見騎腳踏車去察看情況了。

『別真的出什麼車禍，我可是好說歹說，我媽才肯借我車子。』

聽到村井只擔心車子，深瀨很生氣。不知道是否因為深瀨沒有說話，讓村井更煩躁，他在電話中說：

『煩耶！我叫計程車，你通知其他人一下。』

村井說完，掛上了電話。一開始這麼做不就沒事了嗎？深瀨很想把電話摔在地上，但他用力喘著氣，讓自己心情平靜下來。既然村井搭計程車來這裡，假如廣澤陷入了困境，他會比騎腳踏車的那兩個人更容易發現。

他拿著電話，撥了廣澤的手機，只聽到電話中傳來「您撥的電話已關機，或是無法收到訊號」。

剛才淺見把腳踏車推出來時，自己為什麼沒有伸手去推另一輛？無所事事讓他極度不安。他把麵包切片，培根切片，番茄和小黃瓜也都切片，然後撕開萵苣，不停地做三明治。只要全部做完，他們就會回來。他在內心祈禱。然而，當他慢慢把最後一片麵包放上去，放進盤子裡，既沒有聽到車子的聲音，也沒有腳踏車的動靜，更沒有另外幾個人說話的聲音。

也許大家會合之後，村井發牢騷說，晚餐才不想吃什麼三明治，大家一起去吃拉麵了，也可能去了白天廣澤一個人去吃炸豬排咖哩的餐廳。雖然這樣一來，就變成自己遭到了排斥，但他此刻很希望事情就是如此。

這時，電話響了。這次應該是廣澤了。他一把抓起電話，發現螢幕上顯示了淺見的名字。他接起電話，內心祈禱可以聽到淺見說他們順利會合了。

『我們暫時無法回去。』

淺見一開口就這麼說道，然後用沒有起伏、好像只是向不熟的同學傳達事項的淡然口吻，向他說明了情況。

在坡道途中的懸崖彎道時，看到了車子撞破護欄跌落的痕跡。山谷底很黑，看不清楚下面的狀況，但似乎有什麼東西燒了起來。剛才已經報了警，警察還沒趕到，所以無法瞭解詳細的情況。無論是不是廣澤發生車禍，都無法馬上回去。

「我也去那裡。」

深瀨大聲叫著，淺見靜靜地對他說，太危險了，不要亂來，然後掛上了電話。

但是，深瀨還是衝出了別墅。

他在黑暗的山路上跑啊跑，拚命地奔跑，最後仍然無法見到廣澤。

天亮之後，太陽高掛在天空上時，才確定在谷底發現那輛火燒車內的屍體正是廣澤。深瀨雖然跑得快昏倒了，但還是來不及看到廣澤的屍體。

第三章

一大早去負責區域內的私人醫院送完影印紙後回到公司，泡了咖啡。十點的點心時間早就過了，離午餐時間也還早，但大家分別停下手上的工作，拿著馬克杯排隊，似乎表示隨時都可以喝咖啡。深瀨為了煮第二輪咖啡，把第一輪的第一杯讓給了排在最前面的同事，從自己桌子下的皮包裡拿出咖啡豆的袋子。

當他把第二輪的咖啡倒進杯子回到自己的座位時，先喝咖啡的鄰座女同事問他：「今天的咖啡豆是？」深瀨記得她喝的是第二輪的咖啡。

「肯亞和巴西的綜合豆。」

「啊喲，難得混合了兩種咖啡豆，是在開發新口味嗎？」

「不，只是覺得偶爾試試也不錯。」

深瀨含糊其辭後喝著咖啡。原本擔心兩種咖啡豆會彼此抹殺各自的優點，沒想到單品好喝的咖啡，混合之後也好喝，而且今天使用了巴西的王中之王咖啡豆，希望大家能夠比平時更加好好品嚐，喝第一輪肯亞咖啡豆單品的人也一樣。

因為下次可能無法再買到這種等級的咖啡豆了。之所以將咖啡豆混合，是因為專程為公司同事買的咖啡豆快用完了，所以補充了自己家裡帶來的咖啡豆。今天是他不再踏進幸運草咖啡店的第九天。

自從那天晚上向美穗子坦承廣澤由樹車禍的事之後，他就不曾再去過那家店。

暴雨打在狹小的公寓房間窗戶上，美穗子突然把寫著「深瀨和久是殺人兇手」

的紙遞到他面前。雖然他做好了將摧毀以往生活的心理準備，才向美穗子坦承了一切，但隔天早晨，他仍然照常上班。

隔天、隔天的隔天，以及週末後新的一週，他都一如往常地上班，把客戶訂購的辦公用品送上門，送新的商品型錄給自己所負責區域的客戶，順便檢查辦公機器，也會被客戶叫去換影印機的碳粉，和之前的生活沒什麼兩樣。

大雨數度淹沒深瀨的聲音，每當美穗子露出聽不太清楚的表情時，深瀨就提高說話的音量，但當他在黎明時分說完整件事時，雨也停了，一直到今天都是大晴天。三天前，聽到天氣預報宣布梅雨季節結束。開車時，隔著公司車的擋風玻璃看到的天空一天比一天蔚藍，似乎正式宣告夏天的來臨。

在等待號誌燈時，有時候會懷疑那天晚上發生的事只是一場夢，但隨著咖啡豆的量逐漸減少，讓他知道這一切是真實發生的。

也許美穗子會輕視自己，也許會罵自己很過分。他內心當然有這種不安，但仍然抱著一線希望，相信美穗子能夠瞭解他。

只要正確地說出那天發生的事，把自己的自卑，以及因為自卑而格外珍惜和廣澤之間的友情這一切毫無隱瞞地告訴美穗子，覺得她應該會對自己說這些話，甚至期待她可以安慰自己。

阿和，你沒有錯。其他三個人或許都必須負一點責任，但那只是令人難過的意外，你當然更不可能是殺人兇手。

然而，現實並沒有這麼美好。美穗子在聽深瀨說話時，始終不發一語，甚至沒有清一下嗓子。中途深瀨感到口渴，喝著冷掉的咖啡時，她也沒有說話，只是目不轉睛地注視著深瀨。她的雙眼就像她面前那杯完全沒有喝過一口的黑咖啡表面一樣清澈。她的眼中看不到輕蔑和嫌惡，這令深瀨漸漸感到安心，把很想忘得一乾二淨的往事說到最後。沒想到……

我來泡新的咖啡。當深瀨伸直了跪坐的雙腿站起來時，美穗子用沒有感情的聲音說：「不需要。」然後仰頭直視著站在那裡的深瀨說：

——你明知道你朋友喝了酒，開車技術還不好，天氣不好，那裡的路也很不好開，你在瞭解所有這一切的基礎上送他出門，不是嗎？而且還特地為他泡了咖啡。我認為……這不能稱為無罪。

因為美穗子說話的語氣太淡然，深瀨起初並沒有意識到她在指責自己。這不能稱為無罪。這句話在腦袋裡重複了無數次之後，他才終於能夠開口說話。

——但也不至於被稱為殺人兇手。

——你朋友……廣澤的父母知道多少？

——全都告訴他們了。雖然很痛苦……除了喝啤酒這件事以外……

——有所隱瞞，就是有罪的證據。

深瀨這次真的啞口無言，但他並不是感到垂頭喪氣，而是內心氣憤不已。妳懂什麼？難道妳以為大家暗自竊笑著故意隱瞞嗎？難道妳以為我們見到廣澤的父母時，一臉若無其事的樣子嗎？我只是沒有說出來而已。

車禍發生後，警察向深瀨、淺見、谷原和村井四個人瞭解了情況。四個人一起說話的時間不超過五分鐘，卻不約而同地隱瞞了廣澤喝酒的事，也沒有從警方口中聽說廣澤被燒死的屍體內有酒精反應。

廣澤去車站接晚一步趕到的村井，因為只有淺見和廣澤兩個人有駕照，淺見喝了酒，所以由沒有喝酒的廣澤開車去接。說明完這些情況後，村井說早知道自己應該叫計程車；淺見說，既然村井有可能趕來，自己就不應該喝酒；谷原說，早知道應該建議村井叫計程車，三個人都表達了內心的後悔。根本不是這麼一回事！雖然深瀨在內心大喊，但在旁人眼中，他只是不停地啜泣。

因為他覺得如果自己說「我當初無論如何都應該制止廣澤」這句話太卑鄙無恥了。四個人在警察局內見到廣澤的父母時，相同的一幕再度上演。廣澤的父母面對兒子突然死亡，只是低頭不語，完全沒有責怪他們四個人。廣澤的父親只嘀咕了一句：「不孝子……」雖然不知道是不是因為聽到這句話的關係，谷原突然跪在地上說：「真的很抱歉。」深瀨大吃一驚，村井和淺見也立刻跪了下來，深瀨也慌忙跪在很髒的地上，低下了頭。

廣澤的父親立刻叫他們擡起頭，深瀨緩緩地擡起頭，但馬上再度低下了頭。因為其他三個人仍然低著頭。也許從那一刻開始，就已經覺得自己根本沒有過錯。

——由樹的最後一天過得開心嗎？希望他吃了好吃的東西……

聽到廣澤的父親這麼說，谷原猛然擡起頭。

——他吃了很多好吃的烤肉，沿途買的蔬菜也很好吃，還有，他吃了高原豬的炸豬排咖哩！

谷原回想著廣澤吃的食物，哽咽地回答道，好像在重溫愉快的時光，好像用手指撫摸著廣澤還在的時間。在休息區之後吃的是……谷原停頓了下來，深瀨立刻接口說：

——菠蘿麵包。

一說出口，立刻想起廣澤張開大口咬麵包的樣子，視野模糊了。

他並不想告訴眼前的女人這些事。美穗子可能發現了他冷漠的表情，也許覺得他豁出去了。

——對不起。

美穗子說完後起身走向玄關，只回了一次頭。

——我無法說出你想要聽的話。

美穗子打開門的背影和廣澤那天的身影重疊在一起。雖然兩個人的個子、肩膀和頭髮的長度完全不同，但他覺得他們的背影都在對自己說相同的話。

直到最後，你都沒有挽留……

雖然他不認為美穗子會把這件事告訴別人，但覺得一旦去了幸運草咖啡店，老闆娘就會察覺他們之間的嫌隙，所以也就不敢上門了。因為萬一老闆娘問，發生了什麼事？他無法回答任何話，更不希望老闆娘問美穗子。

雖然同時失去了女朋友和休憩的場所這兩大重要的事物，但每天的生活幾乎沒有改變。因為他已經習慣了這種日常生活，所以能夠故作平靜。只是回到原來的生活而已。然而，有一件事他無論如何都想不通。

到底是誰寄了那封信給美穗子？

「深瀨……」

他把喝完咖啡的馬克杯放在桌上時，坐在對面的同事叫著他的名字。

「剛才接到訂單，請你下午馬上去楢崎高中送貨。」

淺見該不會也收到了？他突然浮現這個念頭。

原本以為是淺見想要找自己，所以故意訂購一些根本不急著需要的文具，但確認了訂貨單之後，才發現訂購人是木田瑞希。訂購的是四百字的稿紙，難道要學生寫暑假閱讀心得？

深瀨在感到洩氣的同時，也暗自鬆了一口氣，像往常一樣開車去了楢崎高中。

美穗子離開後，深瀨思考著那封信的事。到底是誰，為了什麼目的寄那封信？是不是暗戀美穗子的人為了拆散深瀨和美穗子，調查了深瀨，結果查到了那起事故？即使不瞭解詳細情況，當幾個人一起出遊，其中一名成員死亡，用這種方式套話就足夠了，對寄信的人來說，這一招的成果出乎意料。

但是，他又想到其他可能性。是不是山本研討小組的四名相關成員都收到了類似的信？想要確認的話很簡單，只要傳電子郵件問淺見，有沒有收到奇怪的信就好，然而，深瀨之所以沒有聯絡任何人，是因為當自己失去重要的東西時，他們並不是可以傾訴的對象。如果只有深瀨遭到惡整，他們並不會表達同情，或是安慰他。

深瀨決定遇到淺見時，也要假裝若無其事。他自我激勵後打開了教師辦公室的門，發現淺見並不在辦公室。木田站了起來，一副等了很久的樣子小跑步過來。

「可以請你拿去印刷室嗎？」

說完，她推著深瀨的背，反手關上了辦公室的門。小紙箱裡裝了五袋稿紙，每袋一百張四百字稿紙，完全可以當場交接，但深瀨還是被她推著走進隔壁的印刷室。木田在走廊上東張西望，似乎在確認四下無人，然後關上了印刷室的門。深瀨比平時更大聲地說：「這是您訂購的商品。」一把夾在腋下的紙箱交給了她。公司開朝會時，幾乎每個星期都會提醒業務員，要努力避免言行招致誤會。然而，木田完全沒有確認紙箱裡的東西，就放在旁邊的影印機上，向深瀨逼近了一步。
「淺見老師有沒有告訴你那件事？」
木田壓低了聲音，臉上的表情並不像是熱中八卦，而是真心為淺見擔心。雖然深瀨暗自覺得果然不出所料，但淺見並沒有告訴他任何事，只不過不入虎穴，焉得虎子。
「像是信……之類的事？」
「沒錯！你不需要對我隱瞞，因為我在現場親眼目睹了一切。」
難道淺見的信寄給了木田嗎？雖然深瀨這麼想，但總覺得不太可能。淺見和木田不像在交往，而且木田剛才說「現場」。
「太奇怪了……我只知道有人對他惡作劇，但並沒有聽說具體是什麼事……而且這也不是電話中可以說得清楚的事。」
「淺見老師對你也說是惡作劇嗎？根本不是這麼輕鬆的事，真的很惡劣。」
木田說完這句話後叮嚀了一句：「千萬不要說是我告訴你的。」然後示意深瀨在旁邊的鐵椅子上坐下，自己也在對面坐下，說了淺見遇到的事。
『淺見康介是殺人兇手。』
只有名字不同的內容，和印在A5白紙上這兩點，都和深瀨的情況相同，只不過這次並不是寄給和淺見有關的某個人。淺見住在本縣單身教師的公寓，他的車子停在停車場，被人用膠帶貼了十張告發文，幾乎貼滿了整個擋風玻璃。

「而且還用酒淋在上面。」

深瀨瞪大眼睛，忍不住微微探出身體。慌忙轉動著肩膀，用力眨了幾次眼睛，希望木田沒有察覺。

「酒？是日本酒？還是啤酒之類的？」

「根據味道和紙的顏色判斷，我想應該是啤酒。淺見老師立刻撕了下來，也用水清洗了車窗，所以我沒有百分之百的把握。」

在淺見晚上九點從學校回到家之後，到隔天早上七點二十分出門上班期間，被人在車上貼了這些告發文。幾乎在相同時間走出家門的木田看到淺見在撕那些紙。

「你看看這個。」

木田把手機拍的照片出示給深瀨，那是那些紙被撕下之後，丟在車子旁的殘骸。

「除了我以外，也有好幾個這個學校的老師看到了現場，大家都說最好報警處理，但淺見老師說只是惡作劇而已。為了以防萬一，不是應該留下證據嗎？所以我趁淺見老師去裝水的時候，拍下了照片。」

對淺見來說，被學校的同事懷疑比被女朋友懷疑受到的傷害更大，而且不只一個人看到了，他搞不好會因此丟飯碗。

「淺見……有沒有說什麼？」

「什麼都沒說，感覺他雖然知道是誰幹的，但因為想要一肩扛下責任，所以在袒護那個人，其實我們也猜到是誰。」

「是誰?!」

深瀨微微站了起來，探出身體，木田嚇得連同椅子一起後退。

「這件事真的不可以告訴別人喔。雖然我不方便透露名字，但上個月，有一個學生遭到停學處分……」

值班的淺見在巡邏時，看到有學生放學後，在社團活動室喝啤酒。雖然木田沒有說社團的名字，但似乎是運動社團內相當活躍的學生。因為不久之後將舉行縣賽，所以社團的顧問和班導師都拜託淺見，希望他睜一隻眼、閉一隻眼，但淺見不答應，在教職員會議上提出這件事，決定對該名學生做出停學五天，和不得參加縣賽的處分。

「那個學生可能有機會進入全國大賽，聽說學生家長下跪拜託，即使延長停學期間也沒關係，希望可以讓學生參加比賽，但會不會發現這一招不管用之後，就用這種方式推卸責任？」

「但淺見不是當場看到學生喝酒嗎？還是有其他學生強迫他喝酒？」

木田搖了搖頭。那一陣子，運動社團的學生很流行在練習後喝無酒精啤酒，學校方面也準備在教職員會議上討論這件事，但因為有更多重要的議題，所以認為無酒精啤酒和果汁差不多，暫時擱置了這件事。楢崎高中並沒有禁止在校內喝果汁等清涼飲料，或吃零食這件事。

「學生辯解說，只是拿錯了飲料，不小心帶來學校。家長態度強硬地說，如果學校禁止學生帶無酒精啤酒，就不會發生這種事了。」

深瀨透過電視也聽過「怪獸家長」這個名稱。

「但最後還是做出了處分嗎？」

「按照以往的規矩，發生這種事，整個球隊都無法參加比賽，甚至我們學校所有運動隊都無法參加近期比賽，因為一旦傳到校外，一定會變成新聞，所以這次已經做了最輕的處分。校長和那些主任這麼安撫家長，他們才終於離開了，大家覺得這次的事很可能是挾怨報復。」

「校長和主任他們知道惡作劇的事嗎？」

原本以為淺見不在辦公室只是去上課而已，此刻內心漸漸產生了不安，但木田的表情很開朗。

「他沒說，我和其他老師也沒說，但我想他應該很擔心。」

「那當然啊，被寫成殺人兇手，誰都會擔心。」

「啊？這倒是和寫笨蛋、白癡沒什麼兩樣，所以他並沒有太在意，他說惡作劇的人應該只是故意用誇張的字眼。」

深瀨驚訝不已，漸漸感到後悔。原來可以這麼輕鬆化解這件事。

「但是，在車子上倒酒不是很惡劣嗎？有的老師說，搞不好原本打算放火，也有人認為，可能想嫁禍淺見老師酒駕，但我想酒駕不可能，因為我們學校的老師都知道淺見老師不會喝酒，有太多證人了。最可怕的還是縱火，雖然我房間離淺見老師的房間很遠……」

「呃，請問……」

木田擔心有人縱火，但深瀨發現一個疑問。

「怎麼了？」

「不……我只是在想，當老師真辛苦。」

深瀨發現這個問題並不需要確認。

「是啊，但是……」

這次是木田探出身體，對深瀨咬耳朵說：

「嫌犯真的只有學生或是學生家長而已嗎？」

原來這才是她真正想要問的話。深瀨看著木田的臉。雖然木田對淺見有好感，但從她的眼睛深處看到了美穗子看自己的眼神中所沒有的東西。那是好奇心。其實她應該根本不需要什麼稿紙，之所以指定下午立刻送過來，應該也是想趁淺見不在辦公室時，可以和深瀨聊這件事。

「這我就不清楚了，我和淺見只聊工作的事……」

「真的嗎？會不會是他和前女友分手，那個女人糾纏不清？」

深瀨原本心生警戒，以為木田會碰觸到他不願意碰觸的部分，沒想到木田竟然懷疑這種無聊的事，忍不住有點失望。

「原來如此，女人太可怕了。」

深瀨明知道這不是對方想聽的答案，但還是這麼回答時，長褲口袋裡的手機響了。那是收到電子郵件的聲音。他沒有確認是誰傳來的電子郵件，就對木田說，自己還有其他工作，轉身走出了印刷室。雖然木田叫他等一下，但他故意假裝沒聽到，木田也沒有追上來。

一看手錶，距離下課不到五分鐘，但深瀨沒有等淺見下課，就離開了校舍。

回到車上，打開手機一看，是村井傳來了電子郵件。上面寫著，想見面聊一聊。他立刻想到，村井也收到了那個。他並沒有感到驚訝。既然自己和淺見遭到告發，被說成是殺人兇手，村井和谷原當然也無法避免。

即使如此，深瀨仍然不覺得自己和其他三個人同樣有罪。雖然如美穗子所說，自己送了廣澤出門，但他並不認為自己同罪。雖然不認為自己同罪，而且告發信上並沒有寫殺了誰，也沒有寫時間地點，看到「殺人兇手」這幾個字，還是立刻想起了廣澤的車禍。就連罪責最輕的自己都這麼想，淺見不可能認為是學生或是家長幹的。

然而，淺見並沒有直接告訴深瀨，深瀨反而收到了村井的電子郵件。之前曾經收到村井為了廣澤的葬禮和法事的相關事宜發的群組信，但這次應該只寄給深瀨一個人而已。電子郵件中還寫著，我會去離你家最近的車站。這是車禍那天晚上之後，村井第一次單獨聯絡深瀨，而且，包括在大學期間，也從來沒有和村井單獨見過面。

為什麼他要約自己見面？這是第一個疑問。

如果村井收到了暗示那起車禍的告發文，照理說應該會找所有人，或是深瀨以外的那兩個人見面……他慌忙踩了煞車。連他自己都不知道是因為看到了紅燈，還是想到了村井只找自己的理由。他的腋下流著冷汗。

他會不會以為是我寫了那份告發文？

深瀨把車子駛入最近的那家超商停車場。看到「殺人兇手」這幾個字，村井也想到了廣澤的車禍，但是，那起車禍以意外結案了，如果有人稱之為殺人，必定是瞭解真相、自己以外的另外三個人，所以，最可疑的就是……和廣澤關係最好的深瀨。村井完全可能這麼認為。

也許谷原和淺見也知道村井約深瀨見面。我去好好訓他一頓。深瀨不難想像村井發豪語的樣子。也可能雖然是村井出面邀約，但實際見面時，發現其他兩個人也在場。

如果村井產生了這樣的誤會，就必須澄清。

深瀨回覆村井說，今天見面也沒問題。

和第一封電子郵件所寫的內容相反，村井約在深瀨從來沒有搭過的電車路線沿線車站前，一家不起眼的居酒屋見面。雖然環境不是很乾淨，但都是包廂房間，感覺這裡的消費並不便宜。深瀨向服務生報上了村井的名字，立刻被帶到最後方的包廂。

深瀨戰戰兢兢地脫下鞋子，走進日式包廂，村井已經到了，正無聊地玩著手機。他發現深瀨後，舉起一隻手向他打招呼說：「嗨！」他看起來並不像殺氣騰騰的樣子。

「對不起，我遲到了十分鐘。」

深瀨看著手錶道歉，村井似乎並不在意。

「沒關係，你是下班後過來的吧？來這裡要換好幾班車，我也找了好久，才剛到而已。」

村井似乎也是第一次來這家店，桌子上也沒有飲料。

「對了，」坐在小桌子對面的村井壓低聲音，探頭過來問：「你來這裡的途中，有沒有遇到公司的人？」

原來是這麼一回事。深瀨終於恍然大悟。村井挑選這家店，是為了避免遇到各自的熟人。

「不，沒有。」

深瀨也壓低聲音回答。

「那就沒問題了，我們一起點飲料和下酒菜。」

村井打開菜單，立刻點了四道菜，深瀨也挑選了兩道不需要費工夫的料理，按了桌子上的按鈕叫服務生。村井點了大杯的生啤酒，深瀨點了烏龍茶，然後點了綜合生魚片等六道菜。村井拿起先送上來的大杯生啤酒說：「辛苦了。」深瀨慌忙拿起杯子，和他乾了杯。

因為在包廂內，所以別人看不到包廂內的情況，但如果旁人看到這一幕，一定覺得他們是好朋友。深瀨有點不知所措，因為他無法把握和村井之間的距離感。村井絲毫不在意這些事，一下子問他的工作情況如何，一下子又提到聽說深瀨和淺見經常見面，最近總部的影印機也有點不太靈光，不然乾脆向深瀨買一臺新的，還要深瀨算便宜一點，他滔滔不絕地說著話。當菜送上來時說：「用筷子直接夾沒關係」，還把自己面前的菜夾到深瀨的小碟子裡。

村井以前也這樣嗎？深瀨努力回想村井學生時代的樣子，但腦海中只浮現村井在事發當天的樣子。深瀨想像他在電話的那一頭堅稱無論如何都要開車去接他的樣子，臉上沒有笑容，也沒有體諒他人的表情，只是一個自私任性的傢伙。

六道菜都送上來後，村井放下了筷子。

「你的表情真嚴肅。」

「啊？」

深瀨一隻手摸著臉頰，似乎想要放鬆臉部肌肉。

「你收到那個了吧？」

「你在說什麼？」

「不必隱瞞了，你的那個是寄給誰？」

寄給誰？村井似乎和淺見不同，並不是貼在住家或是其他東西上，也許和自己的情況比較相像。深瀨決定據實以告。

「女朋友工作的地方。」

「你交了女朋友嗎？太慘了，竟然向你女朋友揭發你是殺人兇手。」

除了姓名以外，告發文的內容應該也一樣。

「但是，如果對象是你女朋友，可以巧妙掩飾，而且只要好好解釋，女朋友也能夠諒解，比我的情況好多了。」

深瀨無法告訴他，自己並沒有獲得女朋友的諒解。

「村井，那你呢？」

「我爸的競選總部。」

村井的父親下個月就要參加縣議員選舉，在住家附近的郊區國道旁租了一個大型鐵皮屋作為競選總部，那張A4大小的紙就貼在競選總部的玻璃窗戶上。從眾目睽睽這個角度來說，他的情況和淺見的更相像。

「應該是在半夜幹的，但天亮後總部的人到了之後，也因為玻璃窗戶上貼滿了『必勝』的紙，所以直到中午之後才發現。想到不知道有多少人看到，就感到不寒而慄。」

深瀨抱著雙臂，點了點頭。自己的情況是只有美穗子看到，就有點驚慌失措。

「結果怎麼樣？」

「包括我爸在內，都認為可能是競選對手幹的，後援會的大叔氣勢洶洶地說，必須去報警。但後來認為如果將紙上所寫的內容公諸於事，反而對我爸不利，所以這次就作罷了。」

「大家都接受了這種說法嗎？」

「怎麼可能？怎麼可能嘛。所謂八卦，不就是會添油加醋，然後控制在剛好傳到當事人耳中的程度嗎？傳得最兇的，就是我在中學或高中時，是霸凌的首謀，被害人自殺了。只要那些人打開電腦搜尋一下，就知道那只是妄想而已，因為我和同學都開開心心地一起畢業。話說回來，如果不是遭遇這種事，無法瞭解原來別人平時都是這麼看自己，雖然我根本不想瞭解。」

村井一口氣把大杯的啤酒喝完了，沒有按桌上的按鈕，直接打開薄薄的拉門，叫了一聲：「再來一杯啤酒。」在新的啤酒送上來之前，深瀨故意不看村井，吃著桌上的菜思考著。

村井是霸凌的首謀，導致霸凌對象自殺。如果不是當事人自己說這件事，深瀨很可能會相信，但是，村井當時邀了研討小組的所有成員一起去別墅玩。

啤酒送了上來，村井放在桌上之前，一口氣喝了半杯，然後重重地放在桌上。雖然他說話很強勢，但這件事想必造成了他很大的壓力。

「這個很好吃，趁熱吃。」

他把原本放在自己面前的櫻花蝦天婦羅拿到村井面前。村井夾起一大塊天婦羅，沒有放在小碟子裡，直接送進了嘴裡。

「你爸說什麼？」

村井和深瀨、淺見的情況不同，村井收到的告發文將對他父親造成重大傷害。

「他在競選總部的人面前一副無所謂的態度，但回到家後把我找去問，那起車禍真的是意外嗎？」

「他是問……廣澤的事吧？」

村井點了點頭。深瀨對村井還沒有開口，他的父親就主動提到車禍的事感到驚訝。即使深瀨的父母收到同樣的告發文，會想到兒子同學車禍那件事的機率幾乎等於零。

但他又改變想法，覺得這並不意外。因為斑丘高原的別墅主人是村井的叔叔，發生車禍的車子車主又是村井的母親。尤其因為車子是撞破護欄墜落谷底，警方很可能會懷疑煞車不靈等車輛維修不良的問題而進行調查，和其他成員的父母對這件事的關注程度不一樣。

「如果從整體角度來說，我或許是殺人兇手。早知道不要叫他們來接我，我自己搭計程車去就好；或是前一天雖然發生了車禍，但我並沒有受傷，應該一大早和你們一起出發。更進一步來說，如果當初不邀大家去別墅玩，就什麼事都不會發生了，要後悔的話，有一大堆事可以後悔，但這並不至於是需要背負一輩子的罪過吧？」

村井繼續喝著啤酒。深瀨對此感到不舒服。

村井說的話並沒有錯。要說後悔，如果村井或廣澤沒有參加山本研討小組，就不會有這些事。再退一步來說，如果當初讀其他大學……如此一來，就會永無止境。曾經有一段時期，深瀨告訴自己，包括所有的這一切，都稱為命運。但是，這些大道理無法消除他內心突然湧現的感覺。

因為村井嘴上說後悔，和他大口喝酒的行為並不一致。

廣澤死後，深瀨曾經多次看到村井喝酒。一年前，參加廣澤三年忌之後，在廣澤的老家和他父母一起吃飯時，村井也喝了酒。

雖然研討小組的其他成員是造成兒子死亡的成員，廣澤的父母還是熱情款待他們。廣澤的父母雖然不知道廣澤死前喝了酒，但知道在那麼惡劣的天候、路況極差的情況下，讓剛考到駕照的廣澤去接村井。如果當初沒有和這幾個人一起出遊，兒子就不會死。照理說，廣澤的父母應該最痛恨他們，沒想到卻在親戚和廣澤當地朋友之外，另外準備了豐盛的佳餚招待他們。

村井坐在廣澤的父親旁邊，在杯子裡的啤酒喝了一大半之後，拿起啤酒瓶，相互倒酒。

——由樹只要喝一杯就會倒頭大睡。

廣澤的父親突然說道，深瀨、淺見和谷原都沉默不語，只有村井若無其事、語帶開朗地說，但他可以吃好幾碗咖哩飯。

——每次吃咖哩，就會想到廣澤。

村井說完之後，還告訴大家，他在女朋友家吃完女朋友做的咖哩之後，忍不住想起廣澤，因為之前曾經聽廣澤說，咖哩還是自己家裡的最好吃，結果他女朋友很生氣，問他是不是在和前女友比較。廣澤的父親擦著眼淚說，那真是給你添麻煩了。廣澤的母親哽咽地說，只是普通的家常味道，然後拿起空啤酒瓶走去廚房了。

深瀨也有很多關於廣澤的回憶，除了咖哩以外，還有加了蜂蜜的咖啡，以及落語的事，卻完全無法說出口。雖然廣澤的父母準備了壽司和炸雞塊等大量菜餚，但他覺得不好意思動筷子，只能小口吃著每個人都有一份的醋醃章魚小黃瓜。坐在他旁邊的谷原好幾次伸出筷子夾放在中間的菜，狼吞虎嚥地吃了起來。淺見雖然沒有大快朵頤，但也沒有放下筷子。桌上的菜很快就減少了，深瀨覺得其他人應該節制一點，沒想到村井甚至提出了更厚臉皮的要求。

——吃了這麼多豐盛的佳餚，再說這種話很失禮，但我真想嚐嚐伯母做的咖哩。

也許他的言下之意，是想要說下次還會再來，但廣澤的母親按照字面的意思接受了他的要求。當她從廚房抱著冰過的啤酒走進來後，立刻打開瓶蓋，為村井的杯子裡倒酒時說：

——那你們等一下過來吃晚餐，我等一下就來做咖哩。好不好？好不好？好不好？好不好？

當她看著每個人的臉問：「好不好？」時，沒有人能夠拒絕。因為他們原本這一天就要住在廣澤家附近車站前的商務旅館，廣澤的父母也知道這件事。

他們先回到飯店，傍晚再度前往廣澤家，還沒到廣澤家門口，就聞到了咖哩味。廣澤家位在可以俯瞰整個城鎮的高地上，去他家時，必須爬上一個陡坡，他們的腳步也越來越沉重，但聞到咖哩的味道後，腳步自然加快了。廣澤小時候聞到這個味道，一定急忙跑回家。深瀨一路想像著這些事，來到了廣澤家。

當時，村井也一邊吃咖哩，一邊和廣澤的父親一起大口喝著啤酒。深瀨根本不需要說話，當時還暗自感謝村井，但今天為什麼會感到不舒服？

因為深瀨得知淺見戒了酒。

深瀨發現淺見在參加法事時沒有喝酒，原本以為他在廣澤父母的面前節制而已，但今天才知道，原來他在其他場合也完全不喝酒。這代表他向廣澤的父母道歉說，如果當時自己沒有喝酒，就不會發生這樣的遺憾這句話，完全是發自肺腑。

這才叫後悔。他很想這麼對村井說，但反而是村井注視著深瀨。

「深瀨，你覺得是誰幹的？」

村井壓低嗓門問道。深瀨完全忘記來這裡時，還擔心村井懷疑是自己幹的。

「不知道。老實說，我一直希望和那起車禍無關，很希望是暗戀我女朋友的人隨便亂寫一通，試圖破壞我和她的感情。但今天得知淺見和你也遇到了相同的情況，就不能找這種藉口了。」

「你見到淺見了嗎？」

村井驚訝地問，深瀨把在楢崎高中發生的事簡單扼要地告訴了他。但深瀨也同樣感到驚訝，因為他以為村井早就知道了淺見的事。

「那谷原呢？」

「不知道，我沒有為這件事聯絡過他，我猜想他應該也受到某種方式的危害。」

沒想到他和谷原之間竟然沒有聯絡。深瀨再度思考著村井今天約自己見面的理由，最後覺得理由其實很簡單，因為村井認定自己最閒。

「除了我們幾個人以外，在旁人眼裡，那是百分之百的意外……你覺得是我們四個人中的某個人幹的嗎？」

深瀨才剛鬆了一口氣，一個直球就飛了過來。

「怎麼可能？做這種事根本沒有意義啊。」

「那就不知道了。也許想要藉由這種方式，搞清楚內心的懷疑。」

村井露出意味深長的眼神看著深瀨後，拿起了筷子。

「是、是誰？什麼懷疑？」

深瀨問，村井把筷子懸在半空，好像在用筷子打拍子般動了幾下之後開了口。

「比方說……我記得是二年級的時候，淺見當家教被解雇了，好像是家長抱怨他和學生合不來，所以要換其他家教。之後剛好是廣澤接了那份家教，那個學生和廣澤很合得來，聽說還順利考上了志願高中。」

深瀨記得曾經聽廣澤說過，他有一段時間當家教，但並不知道和淺見有關。也許是顧及淺見的面子，但對淺見來說，必定是一段屈辱的經驗。

「所以你認為淺見討厭廣澤，那天故意叫他去接你嗎？太可笑了。」

深瀨回想起淺見發現廣澤的電話不通後擔心不已，毫不猶豫地騎上腳踏車衝向黑漆漆山路的背影。當時的行動很難想像他內心對廣澤還有嫉妒。當初的確是淺見叫廣澤去接村井，但谷原的態度更強硬。

「也對。那……谷原和廣澤一起打過棒球，可能兩個人之間有過什麼過節，只是我們不知道而已。」

「啊？棒球？」

「你不知道嗎？谷原的球隊曾經請廣澤去幫忙，聽說之後廣澤也不時去參加他們的比賽和練習。」

「喔，好像是……」

深瀨假裝現在才想起這件事，但其實他根本不知道。在去斑丘高原的車子上，谷原理所當然地提到了其他隊友的名字，是因為除了他以外，還有其他人也認識那些隊友嗎？深瀨又想起廣澤說他曾經夢想當職棒選手時，谷原好像也並沒有感到驚訝。

雖然完全不知道廣澤和其他成員有密切關係這件事令深瀨感到難過，但從村井口中得知，讓他更加痛苦。原來當初五個人的關係並不是三對二，而是四對一。他很希望村井繼續說下去，說曾經是廣澤好朋友的自己最可能是那篇告發文的罪魁禍首，但等了一會兒，村井也沒有這麼說，只是放下了筷子而已。

「我當然不希望是我們四個人中有人幹了這件事，當然，不是我幹的，我和廣澤除了在學校見面以外，只有偶爾一起去吃咖哩而已。」

深瀨也第一次聽說這件事。原來擅長蒐集各種資訊的村井只要得知哪裡有好吃的咖哩店，就會邀廣澤一起去吃。廣澤為什麼沒有問自己要不要一起去？

「喂，深瀨，你有沒有在聽我說話？」

「有啊。」深瀨用雙手拍了拍臉頰。村井繼續說道：

「所以，假設是我們四個人以外的人幹的，那個人雇用了徵信社之類的，手上握有證據，揭發我們是殺人兇手的話，該怎麼辦？」

「怎麼可能？」

「你和我的回答一樣。我爸問我，真的什麼都沒隱瞞嗎？我當然沒告訴他，廣澤喝了酒這件事。因為在葬禮之後，我們一再相互叮嚀，只要我們四個人守口如瓶，就不可能走漏消息，但是，秘密真的只有這件事而已嗎？」

「什麼意思？」

「你當時很晚才趕到車禍現場吧？」

「是啊，因為只有兩輛腳踏車，我只好留在別墅等大家。」

「但是，後來你跑去車禍現場。」

「因為我接到淺見的電話，說看到車子撞斷護欄墜落山谷的痕跡。」

「淺見也打電話給我，說了同樣的話，所以我搭上計程車，在車禍現場和他們會合。我和警察到達的時間差不多，沒時間和他們說話。」

深瀨比他們更晚到現場，而且一到現場就昏倒了，所以比村井更不瞭解車禍現場的情況。

「我說深瀨啊，淺見和谷原抵達車禍現場時，車子真的已經墜落谷底了嗎？」

深瀨無法理解村井這句話的意思，但覺得不可以追問，只能勉強把盤子裡剩下的生魚片配菜送進嘴裡。他不想繼續聊這個話題，甚至打算乾脆做好渾身發癢、痛苦地打滾的心理準備，叫服務生送酒來喝。

公司用的咖啡豆終於見底了。他曾經想過只去幸運草咖啡店買咖啡豆。只要在假日的中午過後，趁店裡有很多客人的時候去，老闆娘就無暇問他為什麼這一陣子沒有去店裡，自己也可以主動說明，用因為最近工作太忙，或是胃不太舒服這種不得罪人的理由敷衍過去。

深瀨喝著最後一杯咖啡，想像自己在老闆娘面前應對自如的身影，最後用力搖了搖頭。至今為止的人生中，從來沒有任何一件事如想像中那麼順利。但是，如果只是買咖啡豆，事情就很簡單，因為並不是非要去幸運草咖啡店買不可。他在網路上搜尋了「嚴選咖啡」，發現只要從公司搭上往回家方向相反的電車，就有一家專賣咖啡豆的店，而且距離並不算太遠，下班之後可以順便繞過去。

原來外遇就是這種感覺。他回想起幸運草咖啡店的老闆和老闆娘的笑容，內心湧起了好像背叛他們的罪惡感，但看到從外面回到公司的同事因為沒咖啡可喝而滿臉遺憾的表情，終於下定了決心。並不是因為自己想喝好咖啡，而是為了公司的同事去買。他在內心自我辯解，下班之後，站在和回家相反方向的電車月臺上。

他站在月臺最前面等車，有幾個高中女生排在他身後。不知道是否相約週末去看電影，那部電影似乎是根據少女漫畫改編的，她們正在聊主演某某角色的男演員完全符合想像。

「某某死的時候絕對會哭。」

主角死了不是整部電影的結局嗎？怎麼可以輕易說出來。雖然深瀨原本就不打算看那部電影，但還是對這幾個女高中生的神經大條感到生氣，然後想起谷原這個人也有類似的毛病。

谷原除了喜歡西洋音樂，也喜歡看外國電影，他積極應徵參加試映會，可能他很有中獎運，所以很多電影都能夠在正式上映之前就先睹為快，否則他都會在上映的第一天就搶先去看。然後就會像評論家般在研究室內侃侃而談，評論劇本如何、演員如何、音樂又如何，甚至連結局也說出來。

——你怎麼可以連結局也說出來？

村井曾經這麼責備他。

——為什麼不行？你們又不看外國電影。

谷原絲毫不覺得自己有什麼不對。深瀨回顧自己的情況後，覺得谷原說得也有道理。谷原並不是一開始就把電影的結局說出來，之前每次都故意說到最吸引人的地方就不說了，然後向大家推薦，這部電影絕對值得一看，但深瀨從來沒去看過。淺見似乎偶爾會去看，所以淺見在的時候，谷原就不會說。

——不要把那種只有一家戲院上映的電影和《蜘蛛人》混為一談。

村井似乎和女朋友約好要去看，所以抱怨了很久。深瀨雖然聽過片名，但從來沒看過，所以就沒吭氣。他從小到大，去電影院看外國電影的次數用一隻手就數得出來，而且他只看自己有興趣的電影。除了廣澤以外，從來沒有朋友邀他一起去看電影……之前在深瀨的公寓看廣澤借來的《惡靈古堡》DVD時，廣澤一隻手拿著裝了咖啡的馬克杯說：

——這種電影，還是想去電影院看。

深瀨也點頭說，看起來很有意思，然後廣澤約他一起去看即將在秋天上演的續集，但最後深瀨甚至沒有去租DVD回來看。因為他覺得既然廣澤看不到了，自己也不能看。那些女高中生的聲音一下子消失了。

廣澤是不是還有很多其他想做的事……

電車抵達車站後，門一打開，深瀨就被身後那幾個女高中生推著走進了傍晚擁擠的電車。

他很快就找到了那家咖啡豆專賣店，店裡的咖啡豆種類比幸運草咖啡店更豐富，也有一些第一次看到的生產國，但他挑選了寫著「推薦」牌子的「尼加拉瓜」和「宏都拉斯」的咖啡豆各五百公克，總共買了一公斤，似乎藉此顯示今天的購物只是例行公事。

如果是幸運草的老闆娘，會建議客人不要一下子買太多，以免香氣流失，但這家店收銀臺的女店員完全沒有提出類似的建議。店裡人潮擁擠，一眼就可以看出店員並沒有閒工夫叮嚀客人。販賣區旁的飲用區入口的雜誌架上，有五、六本貼著便利貼的雜誌。

深瀨並不是因為想喝咖啡，所以才走進飲用區，這種行為感覺就像是去外遇對象的家裡。雜誌架旁掛了一塊小黑板，這家店的賣點不是咖啡，而是每週更換不同種類的蜂蜜吐司，在本週蜂蜜的欄目內寫著「愛媛縣產・橘子蜂蜜」。也許是廣澤家的橘子果園採集的蜂蜜。

去年，他們四個人一起去參加廣澤三年忌的法事時，廣澤的母親請他們喝了用自產蜂蜜調製的蜂蜜檸檬水，還告訴他們，廣澤的伯父養的蜜蜂，都在廣澤父親的橘園採蜜。

之前由樹曾經送我蜂蜜，我把蜂蜜加進咖啡一起喝。這些話已經擠到喉嚨口，但深瀨還是說不出口，默默看著村井和谷原連聲說著好喝、好喝，又喝了第二杯，看著淺見向廣澤的母親打聽製作方法。

——由樹很喜歡把蜂蜜加在吐司上一起吃。我說他像小熊維尼，他很生氣。

廣澤的母親笑著說這些話，又忍不住擦拭眼淚。深瀨沒有和廣澤一起吃過蜂蜜吐司，但是如果那天晚上，廣澤和村井平安回到別墅，也許第二天早晨，大家會一起吃蜂蜜吐司。

深瀨雙手輕輕拍打著臉頰，似乎想要趕走廣澤張開大嘴咬吐司的樣子，然後用力眨了幾次眼睛，似乎想要讓溼潤的雙眼趕快乾。咖啡和吐司送了上來，蜂蜜裝在一個小玻璃瓶中。深瀨拿起咖啡用的小茶匙舀起琥珀色的蜂蜜，沉入杯子後攪動著。

自己到底想要回想起廣澤的事，還是想要忘記？

深瀨把蜂蜜倒在吐司上，咬了一口，巡視著周圍。排放著深棕色的木桌子，正在播爵士樂的店內氣氛令人心情平靜，幾乎座無虛席，傍晚的這個時間，大部分都是正在吃吐司的女客，但也有三分之一的男客。

如果廣澤住在這附近，應該每天都會來報到。深瀨想到這裡，忍不住苦笑起來。

又想到廣澤……

深瀨的目光停留在隔壁再隔壁那張桌子旁的兩個身穿西裝的男人身上，他們大聲聊著天，音量絲毫不輸給周圍的女客人。兩個人說話都帶有關西口音。

「如果被發現，她會殺了你吧？」

其中一個男人似乎正在劈腿。他誇口說，因為自己很小心，所以無論正牌女友和劈腿的對象都絕對不可能發現。但萬一他女朋友剛好也在這裡怎麼辦？深瀨很受不了這個男人的膚淺。而且，即使他女朋友沒有來這裡，也許她的朋友、同事剛好也在這家店。他們鄰桌那兩個上了年紀的女人，搞不好其中一個就是他女朋友的媽媽。想到這裡，又覺得也許就像某部知名的推理小說一樣，這家店裡所有的人，都和他女朋友有某種關係。他忍不住摸了摸自己的臉頰，很擔心自己臉上露出了冷笑。

——你剛才是不是在想別的事？

之前是廣澤問自己這句話？不，是美穗子。他正想要嘆氣，放在皮包裡的手機響了。拿出來一看，是村井傳來的電子郵件。上面寫著，今天有沒有時間在上次的那家店見面？雖然深瀨接下來並沒有任何事，但他不想立刻回覆。

他想起了上週末，村井約他去那家居酒屋時說的話。

——淺見和谷原抵達車禍現場時，車子真的已經墜落谷底了嗎？

村井問這句話時，深瀨沒有回答。因為他無法回答。一陣尷尬的沉默後，村井開了口。

——應該不至於啦。忘了我剛才說的話。

說完，他看了一下時間，笑著問深瀨，要不要去吃拉麵作為收尾？深瀨只是小聲回答說，已經吃太飽了。村井也沒有堅持，打開紙拉門，請服務生結了帳。

——那家店這個季節供應海鰻火鍋，下次約大家一起來吃。對了，我上次就說要約大家一起吃飯，還叫淺見通知你。

——嗯，我聽說了。

原來村井真的有邀請自己。深瀨這麼想著，和村井在車站道別。

回到家之後，才認真思考了村井在居酒屋時說的那句令自己很在意的話。雖然沒有做任何體力活，但一回到家裡，頓時感到筋疲力竭，連電視都沒打開，就仰躺在榻榻米上。他這才發現天花板的壁紙不是素色，而是小格子圖案。茫然地看著天花板，硬是被封閉在腦袋裡的話語浮現在腦海。

淺見和谷原抵達車禍現場時，車子真的已經墜落谷底了嗎？反過來說，也可能還沒有墜落，車子還在那裡，只是發生了車禍，但並沒有燒起來。廣澤在車裡。果真如此的話，應該會先叫救護車，或是報警。然而，村井和深瀨抵達現場時，車子已經在谷底了。之前還沒有墜落的車子墜落了谷底，就代表有人故意讓車子墜落。為什麼要這麼做？

因為不希望警方知道廣澤喝了酒，所以連同車子一起燒掉了。但是，把車子推入谷底，一定會燒起來嗎？也許有抽菸習慣的廣澤衣服口袋裡有打火機，於是先燒了車子，為了避免警方懷疑縱火，才把車子推入谷底……

深瀨猛然坐了起來，搖了搖頭，走去廚房，從冰箱裡拿出寶特瓶的水直接喝了起來。然後直接在流理臺的水龍頭下洗了臉，想要甩開那些荒唐的想法。

但是，正因為村井也這麼想，所以才會說那種話。村井比深瀨瞭解谷原和淺見好幾倍，他懷疑那兩個人。然而，回想起讓村井產生這個想法的理由，就無法斷言他這種想法是無稽之談。

會不會是村井和谷原、淺見必須各自承擔三分之一的罪行，所以村井想要為自己脫罪，才故意暗示另外兩個人對廣澤懷恨在心，捏造他們罪孽更重的狀況？他一定為別人稱他為殺人兇手很受打擊。村井就是這種人。

深瀨不再繼續思考廣澤車禍的事。

然而，村井又聯絡他，說想要和他見面，而且希望等一下馬上見面。他還是想要討論他的假設嗎？一旦深瀨同意，支持這個假設的人就變成二比二。但是，他不想為這種無聊事和村井見面。因為一旦見了面，也許就會迫於無奈，點頭同意他提出的荒唐假設。

但也有可能是村井又遭到騷擾。深瀨再度拿起手機，回覆了簡短的內容。

『發生什麼事了嗎？』

看村井的回覆，再決定要不要見面。他還來不及喝一口咖啡，立刻收到了回覆。

『谷原被人推下鐵軌。』

深瀨留下還剩了三分之一的吐司，只喝完了咖啡就站了起來。加了蜂蜜的咖啡冷了之後，和上次喝的時候一樣，有一種不協調的感覺，讓深瀨更加心慌意亂。

自己是否認為這件事已經結束了？深瀨忍不住自問。譴責自己是殺人兇手的信寄給了自己這輩子第一個女朋友美穗子的手上，兩個人的關係也因此結束了。原本以為寄信的人完成了復仇，淺見和村井也同樣受害，但並沒有危及性命。正因為這樣，即使覺得生氣，也覺得很莫名其妙，卻沒有著手去解決這件事。

但是，谷原被人推下鐵軌……不知道谷原現在怎麼樣了？深瀨在電車上用手機搜尋了電車意外的相關新聞，但在這幾天的新聞中，並沒有發現任何撞到電車死亡意外的消息。

上次好像在陌生的城鎮旅行般，好不容易才找到那家居酒屋，第二次就熟門熟路了。其實距離不會太遠，不能誤認為在這裡就不會遇見熟人。深瀨在打開拉門前深呼吸了一次後，才走進店裡。向服務生報上村井的名字後，和上次一樣，被帶進了後方的包廂。

打開紙拉門，村井已經在那裡了，淺見坐在村井的對面。他們不知道已經來了多久，村井面前的大啤酒杯中的啤酒已經喝掉了一半，淺見面前的烏龍茶似乎還沒有喝過，只有開胃小菜的毛豆送了上來。深瀨從門縫擠了進去，反手關上了紙拉門。

「谷原呢？」

他站在那裡問村井。

「你先坐下再說，聽說並沒有生命危險。」

村井用平靜的語氣回答，深瀨鬆了一口氣，在淺見身旁坐了下來。

「你工作沒問題嗎？」

深瀨問淺見，淺見回答說，學生的成績已經完成了。雖然深瀨不知道這和工作忙不忙有什麼關係，但猜想淺見在回答自己能夠提前離開學校的原因。不，一旦得知谷原的消息，除非有天大的事，否則一定會火速趕到。

「先隨便點些菜，等一下再好好聊。」

村井打開了菜單。雖然深瀨吃不下，但他還是回答烏龍茶和上次相同的菜。淺見皺著眉頭，輪流看著村井和深瀨，他似乎不知道他們之前曾經見過面。

「上個星期五我們來過這裡，就是為了那篇告發文的事。」

深瀨覺得這並不是需要隱瞞的事，於是對淺見說道，隨即「啊」了一聲，閉上了嘴。雖然剛才不小心說了「那篇」，但淺見並不瞭解深瀨已經知道了他遭遇的事。

「我去送貨時，也從木田老師的口中稍微得知了你的事。」

深瀨立刻辯解道，淺見用力嘆了一口氣，用手摸著額頭。

「才不是稍微而已吧？」

「對不起……」

他脫口道歉，但其實是木田把深瀨找去，然後滔滔不絕地把事情告訴了他。

「事到如今，這種事不重要，我們所有人都以某種方式收到了告發文，這是事實。」

村井說完，打開了紙拉門，找來服務生。「你有沒有想吃什麼？」他問淺見。

「你點就好了。」淺見回答說，於是村井點了和上次相同的菜。門關上後，停頓了三秒後，深瀨問另外兩個人：

「谷原也收到了告發文嗎？」

「不可能只有他沒收到。……不過，詳細情況還是由你來說吧，因為只有你見過他。」

村井對淺見說道。這次輪到深瀨皺起了眉頭。難道村井、谷原和淺見三個人不是一夥的嗎？而且，假設他們三個人要以谷原為中心分成一個人和兩個人時，他一直以為谷原和村井一定會在一起。

深瀨的烏龍茶和簡單的菜餚送了上來。淺見看著紙拉門的方向，確認已經關上後，轉頭看向深瀨。

「聽說告發文是匿名信的方式，寄到了他公司的總務部。」

谷原主動打電話給淺見，告訴了他這件事。兩天後，才有人在淺見的車子上貼了告發文，所以淺見當時還事不關己地說，會不會是和谷原有私人恩怨的人，尤其是同公司的人幹的。但是，谷原斷言說，除了廣澤車禍那件事以外，沒有做過任何會被人稱為殺人兇手的事，而且還暗示淺見說，搞不好他學校的校長和家長會會長也收到了相同的告發文，只是校長還沒有找他而已。

但是，谷原並沒有太緊張。聽說在大企業經常會收到這種莫名其妙的信，但總務部還是找他去瞭解了情況。谷原在接受調查時，提到了廣澤車禍的事。

「他告訴公司的人了嗎？」

村井驚叫起來。深瀨也很驚訝。他當初深信美穗子會諒解自己，所以才會告訴她，如果自己面對和谷原相同的情況，被公司的上司找去，甚至不會提到廣澤的「廣」字，只會結結巴巴地回答「不知道」而已。

「把當初告訴警察的話再重複一遍，說除此以外沒有發生過任何可能會被說成是殺人兇手的事，不是比隱瞞更好嗎？」

淺見說。深瀨觀察著淺見的側臉暗忖著，是這樣嗎？你不是也沒有如實地向看到告發信的人說明情況嗎？因為事先已經知道谷原遇到的情況，應該馬上就知道是那起車禍的事，卻讓目擊現場的同事以為是因為在學校喝酒而遭到處分的學生或是家長幹的。

這是身為教師的正確處理方法嗎？

「他公司的人接受了他的說法嗎？」

深瀨問。

「我沒有詳細問他對話的內容，但他說最後上司還鼓勵他，不必把這件事放在心上。」

只是這樣而已嗎？深瀨再度感到洩氣。為什麼當時沒有想到，也許自己根本不需要老老實實地向美穗子坦承一切，應該隱瞞喝酒的事呢？

因為自己和逼廣澤喝酒完全無關。為了強調自己並沒有過錯，廣澤會發生車禍和自己沒有關係，所以覺得喝酒這件事無法省略，沒想到反而自掘墳墓。

「這樣的結果應該完全出乎寄告發信的人的意料。」

聽到村井這麼說，深瀨恍然大悟。

「所以把他推下鐵軌？」

在說出口的同時，感到手臂上起了雞皮疙瘩。

「這就不知道了。」

淺見冷靜地回答。菜餚繼續送了上來，點的菜都送上來了。接下來的談話就不必中斷了。

「喂，你說一下谷原被推下鐵軌的詳細情況。既然在得知他沒有受到任何處分，就立刻採取了下一步行動，可見是他公司的人幹的。」

村井語帶激動地說。雖然這個假設太簡單，只是深瀨覺得無法完全否定。深瀨因為告發文而失去了美穗子，但並不是只有谷原什麼都沒有失去，然而，下一步卻先針對谷原下手。

「我們會不會只是幌子而已？歹徒真正的目標是谷原，在調查谷原之後，得知了那起車禍，然後用作障眼法……之類的？」

村井強硬地堅持自己的觀點。果真如此的話，自己不是太倒楣了嗎？深瀨很想抱住頭。

「等一下，不要貿然下定論。谷原是在星期天，參加棒球隊的練習比賽後被人推下鐵軌。」

淺見說。

「搞什麼嘛，幹嘛不早說？」

「因為村井插嘴啊。」

「那我們都不說話，你一口氣把事情說完。」

村井氣鼓鼓地把一整塊櫻花蝦天婦羅都塞進嘴裡。

「這是上星期天發生的事……」

淺見平時應該就是用這種態度上課。深瀨端正了姿勢，認真聽淺見上課。

星期天下午，谷原和老家那些由以前打過少年棒球的成員組成的轟炸機隊，和鄰町少年棒球退休球員組成的鬥士隊，在埼玉市民體育場進行比賽。在壘上有一名跑者的情況下，谷原擊出一支逆轉全壘打，轟炸機隊獲得了勝利。比賽結束後，所有人在運動場附近的一家居酒屋聚餐慶功，然後又去居酒屋附近的一家KTV續攤，但谷原說，隔天上午有一個重要的會議，所以沒有參加續攤，要直接回去位在東京都的公寓。

晚上九點左右，他在車站的月臺上等電車，背後突然一陣強烈的衝擊，谷原被推下了鐵軌。他一片茫然，完全不知道發生了什麼事，看到列車駛來，在千鈞一髮之際，鑽進了月臺下方的涵洞躲過一劫。

淺見喝了一口烏龍茶。

「幸虧是這種設計的月臺。谷原自己打電話告訴你的嗎？叫你也要小心？」

村井問。

「對啊。」淺見把杯子放在桌上時點著頭，深瀨突然隱約感到不太對勁。

「所以，你傳電子郵件給我，說要見面，還叫我約深瀨，是為了告訴我們谷原的事，叫我們也提高警惕嗎？」

「是啊……」

「這就太奇怪了吧，今天已經是星期三了，如果在這段期間，我和深瀨發生了什麼意外怎麼辦？你今天才聯絡我，是因為你今天才有空嗎？谷原也太懶惰了，直接傳電子郵件通知大家不就好了嗎？」

「不是你想的這樣，不好意思，我沒說清楚。我是今天中午才接到谷原的電話。我聽了之後很驚訝，說想和他見面，他叫我去他家，所以我就收拾完工作去了他家。離開他家之後，就立刻和你聯絡，直接來這裡了。」

「那谷原為什麼沒有一起來？他受傷了嗎？」

「谷原他……雖然只是擦傷而已，但他精神上很受打擊，好像不敢外出。從星期一開始，就一直請假沒去上班。」

「他有這麼脆弱嗎？」

「他差一點被電車撞死啊！」

淺見大聲說道，深瀨的肩膀忍不住抖了一下。他想像著電車向自己駛來的情景，村井在聽淺見說話時，可能也想像了當時的情景。無論村井還是谷原，都會在緊要關頭，和危險擦身而過，然而，即使運動神經還不錯，要在瞬間判斷到底發生了什麼事、採取最恰當的行動並不是一件容易的事。如果自己遇到這種事……深瀨忍不住隔著襯衫，撫摸著起了雞皮疙瘩的手臂。

「但他不可能一輩子都躲在家裡啊。」

村井喝著大啤酒杯內剩下的啤酒。

「所以……他說要去報警。」

淺見重重地吐著氣說。深瀨和村井也都瞪大眼睛看著淺見。

「他今天還不會採取行動，因為我說會陪他一起去。谷原的確不敢外出，但其實我沒告訴他，我們會在這裡見面的事。」

「你和谷原打算去報警，所以想來問我和深瀨有什麼打算嗎？」

村井問。

「等、一下。」

深瀨有事想要確認，他問淺見：

「你們去報警是只針對告發文的事，還有在車站被推下鐵軌的事嗎？還是打算說出一切？」

「什麼？」

淺見反問道。深瀨焦急起來，覺得淺見太不機靈。

「就是喝酒的事啊。」

「我們之前不是約定，要帶進棺材嗎？」

村井插嘴說。

「這件事我連父母和女朋友都沒說，以後也絕對不會說，更何況為什麼要傻傻地向警方坦承一切？告發文上只說我們是殺人兇手，並沒有說，如果不說出秘密，就要殺了我們啊。」

「村井！」

村井越說越大聲，淺見在嘴巴前豎起食指。雖然這裡是包廂，但隔音並不好，他們在包廂內也不時聽到其他包廂傳來的笑聲。

「啊，不好意思。」

村井坐直了微微前傾的身體，換了一個姿勢盤起了腿。

「這件事當然不會說。」

淺見壓低了聲音說道，好像在示範。

「那就沒問題啊。雖然不太願意重提車禍的事，但谷原遭遇了生命危險，我和你們之後也可能會遇到相同的危險，所以也是無可奈何的事。我們一定要抓到兇手，紙上可能留下了指紋，我也會交給警察作為證據。」

村井似乎也打算一起去報警。深瀨抱著手臂思忖著，自己是否也該去向美穗子要那封信？

「等一下，我雖然安撫谷原說，會陪他一起去，但其實還在猶豫，到底該怎麼做比較好，所以來找你們商量。」

淺見輪流看著村井和深瀨。深瀨隱約能夠瞭解淺見遲疑的原因。

「你剛才不是很生氣地說，谷原差一點死了嗎？那還在猶豫什麼？」

村井問。

「是不是因為可能是對廣澤而言，很重要的人下的手？」

深瀨向淺見確認，淺見緩緩點著頭。

「如果像村井所說，兇手只是鎖定谷原，我們只是幌子，那或許應該趕快報警。如果有人因為私人恩怨憎恨谷原，而谷原自己並不知道，就更難找到兇手了。但是，按照常理來判斷，兇手應該是寄了告發文、痛恨我們四個人的對象。果真如此的話，動機是什麼？」

「當然是廣澤車禍的事。」

村井回答。

「那誰會因為廣澤死了，恨不得殺了我們？」

「果然是他父母嗎？」

「不可能啦。」

深瀨大聲說道。至今為止，和廣澤的父母見了四次面，分別是車禍隔天、廣澤的守靈夜和葬禮，以及隔年的一年忌，和去年的三年忌的時候。尤其在一年忌和三年忌的法事之後，廣澤的父母還特別設宴款待。如果換成別人，不准他們四個人踏進家門也理所當然。

「我也不願意認為廣澤的父母是兇手，他們對我們這麼好，而且如果所有人的告發文都是用郵寄也就罷了，貼在我爸的競選總部和淺見的車上，都必須有人親力親為，為了做這種事，特地從愛媛來這裡……不可能吧。」

沒錯，沒錯。深瀨用力點頭，想要表示贊同。

「這麼一來，就可能是他的女朋友或是朋友。」

聽到村井這麼說，深瀨嘀咕說：「是啊。」卻完全沒有真實感。這種關係的人，真的會為廣澤復仇到這種程度嗎？假設自己沒有去別墅，情況會怎麼樣？廣澤是自己最好的朋友，這位好朋友在車禍中喪生，而且得知是同行的研討小組其他成員明知道廣澤才剛考到駕照，還讓他在惡劣的天氣下，在險峻的山路上開車，應該會恨他們，但是，會因此寄送告發文嗎？甚至想要殺人。而且……

「為什麼現在才提這件事？」

淺見問。深瀨在看到告發文之後，也曾經數度思考這個問題，也想到了可能性。

「會不會是最近發現了什麼新的事證？」

傍晚在車站月臺上聽到幾個高中女生的對話、在咖啡店內聽到兩個帶著關西口音的上班族說的話，雖然都是擦身而過、別人的事，但仍然令他印象深刻。

「雖然我們自認為很小心謹慎地隱瞞了這件事，但可能在哪裡不慎說漏了嘴，剛好被廣澤認識的人聽到。」

如果傳入了廣澤父母的耳朵……即使他們去年還很善待自己，也不代表他們並不會做這種事，相反地，比起在車禍發生當時瞭解真相，也許更覺得遭到了背叛，憤怒也會倍增。

「我們一直都很小心謹慎，所以很難相信事情曝了光，但無論如何，最好的方法就是我們找到兇手。即使無法找到兇手，至少要確認是不是廣澤的父母或是他的女朋友幹的，如果因此遭到逮捕，是不是會讓廣澤難過的人，然後再考慮之後的對策。」

淺見說，深瀨點了點頭。淺見的想法和他完全相同。

「但萬一最後發現真的就是他父母怎麼辦？」

村井問。

「可以坐下來談，問他們為什麼要這麼做，希望我們用什麼方式補償。」

「你說得倒輕鬆，但谷原差一點被人殺害啊。」

「我想……淺見應該認為九成不是廣澤的父母幹的，只是想證實，對不對？」

深瀨問，淺見點了點頭。

「聽說月臺雖然有不少人，但谷原之前就經常在那裡搭車，所以如果廣澤的父母出現在月臺上，即使稍微變了裝，谷原絕對會認出來。你們也知道，他很擅長記別人的長相和名字啊。」

深瀨也同意淺見的看法。學生時代並沒有特別意識到這件事，在廣澤葬禮的隔年，也就是一年忌時發現了谷原的這個專長。當一位年長的女人對他們說，謝謝你們特地遠道而來時，深瀨完全不知道對方是誰，只能鞠躬說了聲謝謝，谷原卻記得那是廣澤守靈夜時，在會場負責接待的人。不僅如此，他還告訴其他人，那群人是廣澤高中時代的同學，那個人是廣澤中學時的班導師。不知道他從哪裡得知了這些消息，總之，他幾乎掌握了在場的大部分人和廣澤之間的關係，令人不得不感到驚訝。

「這樣不是很矛盾嗎？谷原記得很多來參加廣澤葬禮的人，如果那個人出現在月臺上，谷原一定會認出來。或許不會主動打招呼，但一定會心生警惕，納悶對方為什麼會出現在這裡。因為他之前已經收到了告發文，無論如何，他不可能排在隊伍的最前面，但是，他完全沒有產生警惕，結果被推下了鐵軌。如果兇手是和廣澤很親的人，會沒有參加葬禮嗎？」

被村井這麼一說，淺見和深瀨抱著手臂陷入了沉默。

「我在想，我們現在要不要去谷原家裡？淺見，你也沒有仔細向谷原確認，他在月臺上到底有沒有看到熟面孔吧？」

「是啊，但不知道他有沒有問題。」

淺見皺著眉頭。

「這種時候，一個人在家會整天想像最糟糕的情況，只會越來越消沉。還是他女朋友在他家陪他？……不，上次我和他聯絡時，他說想要追一個女生，所以現在應該沒女朋友。好，那就沒問題吧？先用電子郵件通知他，說我們等一下去找他。喂，你們趕快把菜吃完，等一下買碗牛丼帶給谷原。」

村井接二連三地做出了決定，深瀨勉強跟上了他的步調，從自己面前的盤子開始吃桌上剩下的菜餚。

「我來傳電子郵件給他，因為我沒告訴他，我要和你們見面，他可能會很驚訝。」淺見不等村井回答，就拿起手機開始傳電子郵件。深瀨捕捉到村井看著淺見的眼神中露出一絲訝異。

村井仍然在懷疑車禍剛發生時的真相。

走出居酒屋，整整一個小時後，來到了谷原的公司為他租的公寓。深瀨原本想像谷原來開門時，會一臉憔悴的樣子，沒想到他一臉神清氣爽地迎接了他們三個人，好像剛泡完澡。他似乎剛好肚子餓了，開心地接過村井遞給他的外帶牛丼。

「我特地請店家不要加紅薑。」村井說。

「太好了。」谷原把臉湊進塑膠袋，聞著牛丼的香味。廣澤以前很喜歡紅薑。深瀨不由得想起廣澤津津有味地吃著表面鋪滿粉紅色紅薑的牛丼時的表情。

「深瀨，你太貼心了，我家的咖啡豆剛好用完了。」

谷原看著深瀨的手說道。咖啡豆發出的香氣絲毫不輸給牛丼，但這是為公司的同事買的，他只能無奈地從紙袋裡拿出一袋，交給了谷原。雖說他遭遇了生命危險，但他還是凡事以自我為中心，真讓人受不了。

「如果你不介意，可不可以為大家泡咖啡？」

谷原所住的套房一進門就是廚房，咖啡機放在冰箱上。谷原這麼說，也許比「你怎麼也來了？」好多了。深瀨回答說：「好啊。」立刻走去流理臺，把咖啡豆放進去後，探頭看向冰箱旁的小碗櫃，發現有五個尺寸和圖案都各不相同的杯子，其中一個就是谷原以前在研究室時用的杯子。

深瀨回過神時，發現自己拿了五個杯子出來，慌忙把其中一個放了回去。他試著找砂糖，只看到醬油和美乃滋這兩種調味料，但隨即想起不用砂糖也沒關係。因為在研討小組中，只有廣澤喝咖啡時要加大量砂糖。剛才似乎也搞錯了加水的分量，他兩隻手各拿了一杯倒得很滿的咖啡，來回走了兩次之後，在三個人圍坐的桌子角落坐了下來。

「他說在車站的月臺上沒看到葬禮時見過的熟面孔。」

村井對深瀨說。深瀨剛才在泡咖啡時，聽到他們簡單扼要地把在居酒屋時聊天的內容告訴了谷原。

「他和擔任棒球隊經理的女生一起去搭車，因為想要趁中元節假期約她出去玩，所以還特地確認了周圍是否有熟人。」

「因為之前曾經巧遇親戚的阿姨。」

谷原一邊吃牛丼，一邊說。他的食慾似乎沒受影響。

「他說最可疑的應該是廣澤的女朋友。」

谷原把嘴裡的牛丼吞了下去，點了點頭。

「廣澤有女朋友？」

深瀨問道。即使回想和廣澤共度的所有時光，也從來沒有聊到女朋友的話題。至於深瀨為什麼沒有問……因為他希望廣澤是自己的同類。

「有啊，淺見，對不對？」

谷原徵求淺見的同意，淺見偏著頭納悶，「有嗎？」

「去斑丘高原的途中，在休息站時，他不是買了當地的凱蒂貓吊飾嗎？我問他買給女朋友嗎？他輕描淡寫地回答說，是給妹妹。」

「啊，沒錯。」

淺見也拍著手回答。深瀨想起了當時的情況，谷原和淺見去買酒的時候，廣澤追了上去，說要買伴手禮，結果他獨自在麵包區挑選麵包。

「他根本沒妹妹啊。」

谷原放下筷子，低下了頭。深瀨在殯儀館的時候，也不時聽到有人說，他是家裡的獨生子。

「但是，葬禮的時候，沒有看到像是他女朋友的女生啊……」

深瀨回想起殯儀館的情況說道。他們四個人心有愧疚，所以起初在會場的最後面，但當地人和親戚不斷叫他們去前面、去前面，結果他們就走去了前面，最後簡直變成了朋友代表，坐在家屬旁邊。當時坐在那裡看著為廣澤上香的人，並沒有看到像是廣澤女朋友的人。不，深瀨搖了搖頭。只是沒有看到哭得比別人更加傷心欲絕，滿臉憔悴的女生而已。

「也許在葬禮的時候，她還不知道廣澤死了。如果廣澤在暑假時，在其他地方發生車禍，我們可能也不會去參加葬禮。他的手機被燒了，而且目前這個年代，即使因為聯絡不上而打去學生課問同學老家的住址和電話，學生課的人也不會告訴你。」

淺見說。深瀨覺得有道理。在廣澤發生車禍之前，深瀨也不知道廣澤老家的住址和電話。而且……如果現在自己死了，美穗子也不會來參加葬禮。即使還沒有分手也一樣。因為首先沒有人把死訊告訴美穗子，即使她經由幸運草咖啡店得知消息，也不知道深瀨老家的電話。

不知道廣澤和怎樣的女生交往？深瀨想起當時走出蕎麥麵店時，等在外面的廣澤正在操作手機，也許正在傳電子郵件給女朋友，告訴她高原豬的炸豬排超好吃，而且……為什麼之前都沒有想到？

「廣澤開車離開後，可能傳了電子郵件給女朋友，如果電子郵件裡提到他喝了酒……」

淺見、谷原和村井三個人同時看向深瀨。

「廣澤在開車時會傳電子郵件嗎？」

村井問。

「也許他開車時想打瞌睡。廣澤出門時，我遞給他一瓶咖啡，所以他可能把車子停在路肩喝咖啡，然後順便傳電子郵件。」

廣澤毫無怨言地出門，但也許他很想抱怨。也可能直接打電話給他女朋友。自己也許並不是最後聽到廣澤聲音的人。另外三個人不知道是否想讓腦袋清醒一下，同時拿起了杯子。

「聽我說，」深瀨端正了姿勢，看向另外三個人，「可不可以由我負責尋找兇手？我們公司的暑假是輪流制，只要提出申請，下個星期就可以放暑假。拜託了。」

他猛然低頭拜託，幾乎沒什麼減少的咖啡表面映入視野。光憑顏色，無法瞭解味道。同樣的，原本以為自己是廣澤的好朋友，沒想到竟然根本不瞭解廣澤。

他真的有女朋友嗎？在四年級之前，曾經和誰是好朋友？又度過了怎樣的學生生活？打什麼工？參加了什麼社團？高中時代、中學時代、小時候又是怎麼樣？他並不關心找兇手這件事，只想知道廣澤由樹的事。

他只想回溯廣澤度過了怎樣的人生。

第四章

想要回溯廣澤由樹度過了怎樣的人生。

深瀨雖然在大學同一個研討小組的成員面前如此宣布，但回到家之後，獨自想要研擬計畫時，立刻遇到了瓶頸。他躺在公寓還沒有曬得太黃的榻榻米上，仰望著天花板，如果天花板上可以播映出廣澤的人生，不知道該有多好。

自己的確曾經出現在廣澤的人生電影中，但是，自己的戲份並不多。在大學參加同一個研討小組只有短短幾個月的時間，只有一幕或是兩幕而已。原本以為即使如此，只要從自己腳下的影片開始調查，就可以慢慢回溯廣澤以往的人生。但顯然想得太簡單了，此刻才終於發現，自己和廣澤共度的那一幕和其他幕之間並沒有交集。

如同一條長線上的一個點。

在升上四年級之前，深瀨根本不記得曾經在學校看過廣澤。一方面是因為深瀨除非必要，否則不會去學校的關係，但他在剛入學時，曾經試著敞開心胸，因為他覺得在大學應該會遇到能夠瞭解自己的人，期待能夠交到朋友。

如果當時廣澤也在同一間教室，一定會在他身上感覺到某些東西。

事實上第一次去研究室時，當所有人都到齊後，深瀨發現廣澤時，雖然既不瞭解他的性格，也不知道他的興趣愛好，但立刻為發現了同類鬆了一口氣。

因為是同一個學院、同系的學生，照理說應該曾經修過相同的課，但之前從來不曾聽廣澤提過是轉學進來，或是曾經在國外留學，兩個人之間從來沒有聊過認識彼此之前的學生生活嗎？

之前曾經聊過打工的事。深瀨記得當初聽廣澤說他在搬家公司打工，覺得很像是他的選擇。廣澤曾經說，雖然時薪不錯，但如果更早考到駕照，薪水就更高了。廣澤在說這番話時並沒有太懊惱。

廣澤還說他當過一年家教。雖然很愉快，但那是一個中學三年級的學生，順利考上志願學校之後就不再請家教了。他提到家教時，只說了這些話。當廣澤得知深瀨曾經有一段時間在便利超商打工時，立刻對深瀨說，那家超商自製品牌的咖哩速食包很好吃，之後就一直聊咖哩。

深瀨坐了起來，打開當作電視櫃使用的矮櫃抽屜。雖然找到了原子筆，卻找不到筆記本或是記事本之類的紙張。你到底在什麼公司上班？連他自己都想要吐槽自己時，終於找到一本B5尺寸的全新筆記本。深棕色的封面看起來像咖啡的顏色，當初覺得可以用來記錄在幸運草咖啡店學到的知識，但裡面仍然是一片空白。

原本打算寫在這裡的事，已經全都告訴了美穗子。

他拿起原子筆。

『廣澤由樹曾經在搬家公司打工。』

『廣澤由樹曾經當過家教。』

『廣澤由樹生前喜歡吃咖哩。』

他寫了一長串以廣澤由樹開頭的句子。

深瀨進公司時，完全沒有其他人和他同期進入公司，所以無緣參加電視上常看到的新進員工集體合宿進修，但董事長給他出了題目。

董事長要求他在一個小時內，寫一百句「我〇〇」的句子。他很快想到了姓名、出生地、興趣、星座、血型這些內容，接下來卻不知道該寫什麼。然而，在他思考時，時間一分一秒地過去。雖然已經寫了「我喜歡喝咖啡」，但無計可施之下，又繼續寫了「我喜歡曼特寧咖啡」等好幾種類的咖啡，然後又用相同的方式，列舉了自己喜歡的書名和電影片名，還有喜歡的食物。在寫完喜歡吃壽司之後，又寫了好幾種壽司的食材，最後總算湊足了一百個。

寫完之後，當他重新檢查時，發現全都是乏善可陳的內容，不由得感到無地自容。如果剩下的時間超過五分鐘，他或許會全部擦掉，但是，他還來不及拿起橡皮擦，董事長就直接走過來，告訴他時間到了。董事長拿起紙，認真看著紙上所寫的內容時，深瀨只能低著頭，看著桌子上的某一點。董事長在出聲朗讀了其中幾項之後，叫著他的名字：「深瀨和久！」深瀨想也不想就站了起來，端正姿勢，大聲回答：「有！」

——我覺得你和我很合得來啊。

聽到董事長說這句話，頓時覺得肩膀放鬆了，同時，內心深處湧起一股暖流。

他覺得自己這個人得到了肯定。連同那些很無聊的部分，也都受到了肯定。

雖然當時自作聰明地這麼解釋，但日子一久，開始覺得也許不管寫什麼內容都沒有關係，那只是訓練自己在從事業務工作時，表達自己的意見。即使如此，他仍然覺得深瀨和久這個人填滿了那張紙，只要把熱水倒在紙上，也許會出現深瀨的複製人，就像電腦程式一樣，只是多了一點人性。

同樣的，只要在這本筆記本上寫滿廣澤的事，廣澤的身影就會浮現。不管重不重要，完全不加以取捨選擇，只要是有關廣澤的事，全都寫下來。

在和認識廣澤的人見面的同時，不斷加以記錄……然而，這就是問題所在。因為他完全沒有任何線索。如果自己手上有廣澤的手機就好了。他忍不住想求助方便的東西，但廣澤的手機在車禍時燒毀了，而且即使順利留了下來，警方也會交給家屬。

幸好他知道廣澤的老家在哪裡。

他搭飛機來到松山機場後，再搭電車前往廣澤老家所在的愛媛縣沿海的城鎮。這是他第三次造訪，卻是第一次單獨造訪。他這次才終於發現，之前預約機票，以及和廣澤父母聯絡這些事都完全交給他人進行。最好的證明，就是他把行李寄放在之前來參加法事時投宿的那家商務旅館，走在並不是第一次走的路上，卻對周圍的風景感到陌生，有點擔心自己是否走錯地方了。

原本只打算調查出結果後，再向淺見、村井和谷原這幾位大學時代研討小組的成員報告，但因為不知道廣澤老家的電話號碼，不得不打電話給淺見。

——你要去他老家嗎？

在學校的升學指導室角落見面時，淺見會面露難色也在情理之中。雖然深瀨一心想要瞭解廣澤由樹，但原本的目的是要調查到底是誰把告發文寄給四個人的相關人，又把谷原推下鐵軌。如果是因為奪走了廣澤而要復仇，廣澤的父母嫌疑最重大。即使沒有親自採取行動，也完全有可能委託他人。不需要委託熟人，只要願意付錢，網路上有很多人願意代勞。

——即使懷疑他父母，也必須見面聊一聊啊，所以一開始見面也無妨。還是你知道廣澤在大學時，除了我們以外，和誰走得很近嗎？

——我怎麼也想不起來。

——像是社團，或是打工。……啊，對不起。

——我……不知道。

淺見提不出其他方法，只好把廣澤老家的地址和電話告訴了深瀨。當天晚上，深瀨戰戰兢兢地打電話去廣澤老家，廣澤的母親接了電話。深瀨自我介紹說：「我是和由樹同一個研討小組……」話還沒說完，廣澤的母親就問：「啊喲，是谷原嗎？那是淺見？對不起，是村井吧。」雖然一路猜下來，但最後還是說不出深瀨的名字。

——喔，對，是深瀨……

廣澤的母親停頓了一下，似乎想要說出仍然記得的事，證明她並不是完全忘了深瀨，但最後只好問：「最近還好嗎？」深瀨告訴自己，廣澤的母親願意用開朗的語氣和自己說話就應該感恩，然後一邊擦著額頭的汗，一邊說，這個週末他要出差去四國，希望可以去為由樹掃墓。他之所以說謊，是為了避免專程登門拜訪，導致對方起疑心，覺得其中是否有什麼原因，但又覺得這種小謊言的累積，往往會造成無可挽回的後果。

總之，廣澤的母親在電話中說，很期待深瀨的造訪。至於這句話是否出於真心，要等見面之後才知道。

深瀨只要一緊張，就很容易流汗，熱的時候反而不會大汗淋漓。然而，他在走上爬坡道時，用手帕擦了好幾次汗。早知道應該帶一條毛巾掛在脖子上。他停下腳步這麼想道，剛才駛過他身旁的小貨車突然倒車回來。他慌忙跨過沒有蓋子的側溝，閃到路旁，那輛小貨車在他數公尺前方停了下來。一輛將後視鏡收起的小轎車緩緩駛了下來，和小貨車擦身而過。深瀨負責區域內也有幾個地方道路很狹窄，但和這裡相比，簡直是小巫見大巫。

『廣澤由樹習慣在狹窄蛇行的道路上開車。』

等一下要記錄這件事。他在腦海中浮現這些文字的同時，立刻想到另一條路。那是通往斑丘高原別墅的山路。就是廣澤開車失誤，發生車禍的地點。聽說廣澤是在升上四年級前的春假考到了駕照，在考到駕照之後，沒有在這條路上開過車嗎？

廣澤發生車禍，難道不是因為他開車技術不好，而是喝了酒的關係嗎？廣澤曾經說，他喝了酒就想睡覺，之前去廣澤家時，他父親也說了類似的話。

那根本是殺人。

他很想轉頭衝下剛才走過的路。只要一回頭，恐怕就會拔腿狂奔，深瀨擡頭看著前方的天空。連天空的顏色都和斑丘高原一樣。

「啊喲，是深瀨？」

背後傳來聲音，他瞥向後方。原來是廣澤的母親騎著腳踏車爬上坡道。他慌忙鞠躬說：「伯母好。」廣澤的母親跳下腳踏車，站在深瀨身旁。

「我以為你會在車站叫計程車過來，天氣很熱吧？早知道應該開車去接你。」

廣澤的母親一隻手鬆開腳踏車把手，在深瀨的臉前甩著手，似乎在為他搧風。這是深瀨第一次這麼近距離仔細看廣澤母親的臉。

『廣澤由樹長得很像他母親。』

寶特瓶的可樂從放在腳踏車籃子裡的塑膠袋內探出頭。

「深瀨，我記得你不喝酒。」

廣澤的母親露出和廣澤相同的表情笑了起來。原來她記得我。她不可能做出那麼惡劣的復仇行為。

從廣澤家沿著蜿蜒坡道繼續往上走，就是廣澤的墳墓。寺廟就像是和緩山地的一部分，每個墳墓都面對大海的方向。

深瀨睜著眼睛，雙手合十。雖然有很多話想要問廣澤，但並不想對墓碑說話。因為他覺得在目前的狀態下，廣澤不可能回答他任何事。

廣澤的父親蹲在不遠處擋住海風，為線香點火，看起來就像是一塊巨大的岩石。深瀨看著廣澤父親寬闊的背影想到，廣澤的體型像他父親。剛才在廣澤家的佛壇前上了香，喝了冰麥茶後，和廣澤的父母三個人準備出門時，剛好有客人上門，所以是深瀨和廣澤的父親兩個人來掃墓。兩個人一路上幾乎沒有交談。深瀨記得之前廣澤的父親喝酒時很健談，現在才發現，那是因為有谷原和村井在的關係。

可能是線香一直點不著，打火機發出的喀嚓、喀嚓聲中似乎帶著焦躁。深瀨走去廣澤父親那裡，在他對面蹲了下來，伸手擋住了風。雖然應該沒有太大作用，但風突然變小，線香點著了。

「真是的，終於點著了，謝謝你幫忙。」

廣澤的父親靦腆地笑著站了起來，將手上的一把線香分成兩半後，將其中一半遞給深瀨。兩個人閉上眼睛，對著墳墓祭拜，廣澤的父親轉過頭，凝望著遠方。城鎮的遠方是大海，有幾個小島浮在海面上。

「風景真美。」

深瀨說出了自己的感想。雖然太陽很烈，但因為風很大，所以即使站在太陽底下也不覺得不舒服，反而好像難得曬被子時一樣，身體裡的溼氣都蒸發了。深瀨覺得眼前這片平靜的景色就像是廣澤這個人。

「我也很喜歡這片風景，但由樹似乎覺得太小家子氣了。」

深瀨還沒有發問，廣澤的父親就主動提到他的名字。深瀨凝視著廣澤的父親，但廣澤父親的視線仍然看向大海的方向。

「聽說外國人看到瀨戶內海，會以為是河流。」

「以前在中學上社會課時，也聽老師這麼說過。」

「原來並不是由樹隨便亂說……深瀨，我記得你在辦公用品的公司工作？」

廣澤的父親轉頭看著深瀨問道。這次還沒有聊到工作的事，所以他記住了一年前法事時聊了幾句的內容。

「對，我做業務，主要在外面跑。」

他簡單回答，讓談話不至於中斷。

「是嗎？真了不起……由樹之前說，大學畢業之後，想出國旅行一年。」

「啊？」

是這樣嗎？深瀨把差一點脫口問的話吞了下來，但之後短暫的沉默，就像是廣澤的父親在內心嘀咕，原來你不知道這件事。廣澤的父親再度看向大海。

「結果我們父子大吵一架。我對他說，太異想天開了，我讓你去讀大學，可不是為了讓你畢業之後做這種事。如果想出國旅行，可以趁學生時代去啊，我花了大錢，讓你有可以好好玩的時間，為什麼要等到畢業之後再去？因為我一直認定他大學畢業之後就會回來，然後去公所工作。」

自己的父親恐怕也會說同樣的話。深瀨在聽廣澤父親說話時暗想道。當然，深瀨並沒有出國旅行的打算。廣澤為什麼想去旅行？

「他什麼時候和你談這件事？」

「三年級時新年回家的時候。」

那是認識深瀨之前。也許廣澤遭到父親反對之後，在認識自己時，已經打消了這個念頭。

「其實我根本沒必要那樣大動肝火。由樹並不是說一輩子都不工作，只是一年而已，可能他想要去某個國家看看，或是想要做什麼事……早知道應該至少聽他說一說。」

廣澤的父親也有來不及聽他說的事。深瀨也想知道這件事，不知道廣澤是否曾經告訴其他人。

「可不可以請你告訴我廣……由樹的朋友的聯絡方式。」

深瀨決定把此行的目的告訴廣澤的父親，當然沒有提到告發文和谷原的事。

「我從小就不擅長交際，由樹是我第一個好朋友，但是，當我越回想由樹的事，就越發現自己對他一無所知，甚至覺得我和他之間的愉快回憶，也只是我的夢而已。」

「你可以告訴我你們之間最愉快的回憶嗎？」

廣澤的父親似乎也想瞭解他所不知道的、兒子的大學生活。深瀨很難說出最愉快的回憶。因為和廣澤在一起時，日常生活中微不足道的事都很快樂。電影、落語、牛丼……但如果要說，當然非那件事莫屬。

「雖然可能是很微不足道的事，但我很喜歡和他一起喝咖啡。由樹帶了橘子蜂蜜來我家，建議我要不要加在咖啡裡，沒想到超好喝。」

廣澤的父親默然不語地聽著，眼睛一眨也不眨地看著深瀨的雙眼，好像試圖注視兒子在深瀨眼中的身影。深瀨為自己只能和廣澤父親分享這種程度的事感到抱歉，如果換成谷原，一定可以侃侃而談廣澤在打棒球時的情況，廣澤的父親應該也會更高興。

「原來是你啊。」

廣澤的父親露出笑容。

「啊？」

「我哥哥在我的橘園內養蜂。我老婆說，由樹喜歡在吐司上加蜂蜜，所以就寄了很多給他。我忍不住數落她，未免寄太多了，我老婆就打電話向由樹確認，結果掛上電話時，滿臉得意的神情。由樹告訴她，把蜂蜜送給朋友，朋友很高興，還說那個朋友泡的咖啡很好喝。之後，我老婆皺著眉頭說，那個朋友會不會是女生？我猜想她是吃醋了，所以就調侃她說，八成是這樣，因為通常都是小情侶一起喝咖啡。」

「哪有……」

深瀨感覺到自己臉頰發燙，用手背擦著臉上的汗水。廣澤的父親似乎覺得很有趣地笑了起來，但表情中有一抹陰影。

他可能聽到兒子在抗議：「喂、喂，饒了我吧，我可沒有這種嗜好。」

「我會向我老婆澄清，家裡有幾個由樹還住在這裡的朋友的電話。」

廣澤的父親拿起放在腳邊的水桶，用長柄杓子掬起水，仔細淋在墓碑上。深瀨覺得廣澤的父親剛才好像在對自己進行面試，決定能不能把兒子朋友的聯絡方式告訴自己，自己似乎通過了面試。

「謝謝。」

深瀨對著廣澤父親的背影道謝，看著淋了水之後，在陽光中閃著清涼光芒的墓碑。

深瀨來到位在廣澤家門口那條坡道下方的市民運動場。傍晚五點，一群穿著制服的小學生正在運動場上練習棒球。球場上只有七個人，人數似乎不足。深瀨這麼想著，走向三壘旁的長椅坐了下來。那是在電話中約定見面的地方。

松永陽一正在擊球區輪流向除了捕手和投手以外的各個位置擊球，他看了長椅的方向一眼，立刻大叫著：「小昴！」的名字。原本站在二壘和三壘之間的小學生跑了過來，從松永手上接過球棒，似乎要代替教練。松永站在一旁看著名叫小昴的學生擊了一球後走向深瀨。

「不好意思，打擾你們練習。」

深瀨微微站了起來，松永說了聲：「請坐。」然後在深瀨身旁坐了下來。

「我才不好意思，請你來這種地方。因為我晚上剛好有事。」

深瀨從廣澤的父親口中得知，松永從小和廣澤一起長大，而且就住在附近。聽說他繼承了家裡的酒舖，於是就直接去了店裡，松永的母親說，他每週六下午都擔任本地少年棒球隊的教練，並打了他的手機，聯絡了他。

「你是由樹的大學同學吧？找我有什麼事嗎？」

「也不是什麼事，我只是希望能向很瞭解廣澤……的人，打聽廣澤是怎樣的人。」

深瀨之所以在松永面前感到自卑，是因為松永能夠毫不猶豫地叫廣澤「由樹」。但他隨即改變了想法，與其說是友情的程度，更因為是受到了認識時期的影響。還是小學生時，同學也都用深瀨的名字「和久」叫他，即使不是那麼要好的同學也一樣。因為在狹小的城鎮，無論父母、兄弟和親戚都認識，如果只叫姓氏，根本分不清在叫誰。

「你是不是打算製作類似追悼文集的東西？我們這些老同學中，也曾經有人提出過這個建議，因為從來沒有想到，我們這個年紀，會發生有同學去世這種事，大部分同學都很受打擊，我當然也一樣。於是有人說，蒐集大家送給由樹的話，做成一本文集各自保留，但最後沒有人主導這件事，也就不了了之了。」

你看起來很擅長主導這種事。雖然深瀨這麼想，但並沒有說出口，而且很感謝他提供了說詞。

「你說對了，雖然時間隔了有點久，而且目前也還不確定會以什麼方式呈現，但我希望盡可能向更多人打聽廣澤的事。」

如果說得天花亂墜，到時候就真的必須做一本這樣的文集出來，但如果能夠因此消除廣澤的朋友內心的警戒，讓他們分享各種往事，即使真的這麼做也無妨。深瀨從皮包裡拿出筆記本和筆。原本打算每天回飯店之後，記錄當天瞭解到的事，但這樣可能會遺漏重要的事。

他把筆記本上下顛倒後翻了過來，從背面開始記錄。松永看到他翻開空白的那一頁後說：「當然是那件事。」然後娓娓訴說起來。

松永和廣澤是在小學四年級時加入本地少年棒球隊「太陽隊」。學校發給大家少年運動的簡介後，喜歡運動的男生幾乎都想參加足球隊，松永當然也不例外，但他父親是太陽隊的教練，比他大兩歲的哥哥也理所當然地加入了棒球隊，所以他一開始就知道自己沒有選擇的餘地而不抱希望。只是他不想一個人參加棒球隊，於是就邀廣澤一起參加。雖然他們並沒有約定，但幾乎每天早上都在同一個地方見面，然後一起去上學。廣澤雖然沒被選為接力賽的選手，但松永發現他跑得很快。

最重要的是，他有自信，廣澤應該不會拒絕他。

果然不出所料，當松永邀廣澤一起加入太陽隊時，廣澤二話不說就答應了。因為廣澤答應得太爽快，松永忍不住問他，不參加足球隊沒關係嗎？

——棒球和足球，我都很喜歡。

廣澤這麼回答。那一年，包括他們兩個人在內，有四名四年級學生加入少年棒球隊，另外有四名六年級生、三名五年級生，所以松永和廣澤練習了沒多久，就上場參加比賽了。

在第一次正式比賽中，廣澤大顯身手。

「因為他身材高大，所以之前就猜想他力氣應該很大，但連我爸都被他嚇到了。」

在右外野防守的廣澤直接接起了只差一點就算是全壘打的球，然後直接投向本壘。棒球在半空中畫出很大的弧度，沒有落地反彈，就飛進了捕手的手套中。

「是不是很驚訝，他的肩膀到底有多強？」

深瀨聽著松永得意洋洋地說著往事，看向右外野的少年。剛好輪到那名少年接球，球飛向右外野。他撿起在地上彈了兩次的滾地球，用力投球。二壘手接住球之後投向本壘。深瀨對高中棒球和職棒都沒興趣，但覺得眼前的傳球才是正常的方式。

「我記得他在小學的田徑運動會時，代表學校去參加了四國的壘球擲遠比賽，六年級時得了第三名。」

「他的擊球呢？」

「也很厲害，每次比賽，都會轟出一支全壘打，而且也很會打犧牲短打。六年級之後當投手，會投各種不同的球。別看由樹那樣，他很靈活。」

廣澤個子高大，給人悠哉遊哉的感覺，深瀨一直以為他在別人眼中，是一個慢性子的爛好人，以為他和自己一樣，和任何運動項目無緣，每次參加運動會就心情惡劣。

完全不是這麼一回事……

「太厲害了，他這麼活躍，在學校一定很受歡迎。」

深瀨窺視著松永的表情問道，很擔心自己的說話方式變得很自虐，但松永的眼中似乎只看到當時的廣澤和自己。

「我剛才不是說了嗎？那時候只有足球受歡迎，運動能力強的傢伙全都參加了足球隊，所以參加縣賽時，成績都很不錯，班上的女生甚至成立了粉絲俱樂部，大家根本不把棒球放在眼裡。」

是這樣嗎？深瀨回想起自己讀小學的時候，發現好像的確是足球隊的男生掌握了班上的主導權。

「所以，我上中學之後，也去參加了足球隊。」

「廣澤也一樣嗎？」

「不，他參加了棒球隊。」

沒錯，之前在斑丘高原的別墅時，廣澤曾經說，他讀中學時參加了棒球隊。

「為什麼這次沒有邀他一起參加足球隊？」

「因為上了中學之後，大家都會自己決定想做的事，不會再說什麼足球隊更受女生歡迎，我們一起加入這種話。」

於是，松永和廣澤漸行漸遠，高中也讀不同的學校。松永在中學時代參加足球隊後，從來無法成為正式球員，於是上高中後，再度進入棒球隊，但廣澤在高中時參加了排球隊，所以也無法在練習比賽時遇到。

「但有時候在路上遇到時，會站在那裡聊天。最後一次剛好是在他發生車禍的一年前的夏天，我問他過得開心嗎？他說和在這裡時差不多，但可以去看夜場比賽很開心。」

「夜場比賽？是棒球的嗎？」

「不然還有什麼？」

松永說完站了起來，把手放在嘴巴兩側，對學生大叫著：「好，休息十分鐘。」深瀨覺得他也在暗示，差不多到此為止，於是闔上了筆記本。

「謝謝你，我之前完全不知道廣澤的棒球打得這麼好，很高興聽到你聊這些。」

「是嗎？」

松永靦腆地抓了抓頭，好像突然想起了什麼，從運動衣口袋裡拿出手機。

「我幫你問問，和廣澤讀同一所高中的人有沒有空。」

「真的嗎？如果可以，最好約他明天白天見面。」

「星期天嗎？那乾脆找有空的人一起來。」

「這……」

深瀨的話還沒說完，松永就開始傳電子郵件。雖然深瀨原本覺得最好一對一見面，除了能夠瞭解廣澤表面的事以外，也可以問一些比較深入的問題。

「不過，大部分人都離開這裡了，因為事出突然，能夠找到三個人就算很好了。深瀨先生，你今天晚上會住在廣澤家嗎？」

「不，我住在車站前的海濱商務旅館。」

「是喔，那請他們打你的手機，或是傳電子郵件給你比較好吧？」

雖然深瀨不是很願意，但這樣的確比較方便，他從皮包裡拿出手機。

「話說回來……」

松永看著手機螢幕，一邊打字一邊說：

「聊起這些事，還是無法相信由樹開車失誤這種事。」

深瀨再度走在通往廣澤家的坡道上，因為廣澤的父母請他去吃晚餐。火辣辣的夕陽照在背上，他的POLO衫全都溼透了，他感到不舒服的同時，回想起松永在臨別時說的話。廣澤的朋友認為，雖然他考到駕照不到半年，但難以相信會因此發生車禍。他們從小一起長大，只是中學之後，關係就不再密切，連松永都這麼認為，應該還有其他人會有相同的疑問。

深瀨繞去「松永酒店」買了一瓶葡萄酒給廣澤的父親，一方面感謝他幫忙聯絡了松永。雖然廣澤的父親不瞭解真相，但深瀨還是覺得送酒給他的行為很輕率。

即使有點尷尬，還是應該去幸運草咖啡店買咖啡豆，作為送給廣澤父母的伴手禮才對。如此一來，就可以泡咖啡給他們喝，然後告訴他們，廣澤說的就是這種咖啡，他們也許會感到高興。

廣澤家出現在前方，一天來兩次，就不會覺得太遠。那是一棟木造的兩層樓日式房子，庭院很寬敞，他突然想到廣澤以前可能在這裡練習揮棒，眼前浮現出以前不曾想像過的廣澤。

按了玄關的門鈴後，廣澤的母親出來迎接。屋內飄出油炸物的味道。

「外面很熱吧，來，趕快進來。」

深瀨進了屋，在脫鞋子之前，遞上了葡萄酒。

「你不必這麼做，還特地為爸爸買……」

可惜深瀨無法回答，因為我也想喝，只能抓抓頭說：「沒有啦……」

「對了，深瀨，你吃不吃蕎麥麵？剛才有朋友來家裡，說是去出雲大社旅行回來，送了伴手禮，因為是半熟的蕎麥麵，所以要趕快吃完。」

「那我就不客氣了，我很喜歡吃蕎麥麵。」

「太好了。」

廣澤的母親說完，快步走去廚房。

深瀨走進客廳，不見廣澤的父親。客廳內的冷氣開得很涼快。房間中央的桌子上放著綜合天婦羅、握壽司和醋醃章魚小黃瓜，深瀨覺得這些都是配蕎麥麵的菜色。

門打開了，廣澤的父親穿著汗衫和襯褲走了進來。他剛才似乎在洗澡。

「深瀨，你回來了，有沒有見到小陽？」

他是問松永陽一。

「見到了，他告訴我之前他們一起打少年棒球的事，聽說廣……由樹無論防守、打擊和投球都很厲害。」

「原來他這麼說啊。」

廣澤的父親按著眼角，有點不好意思地對著廚房叫了一聲：「媽媽，啤酒。」然後又轉頭問：

「深瀨，你有沒有從事什麼運動？」

「不，我在運動方面完全不行。」

「那喜不喜歡看呢？」

「不，也很少……」

「是喔。」廣澤的父親聽了深瀨的回答後應了一聲，探頭向桌子下方張望，拿出菸盒和菸灰缸。廣澤的父親一定覺得很無聊。自己到底來這裡幹嘛？深瀨忍不住感到自責。今天並不是去參加自己不感興趣的聚餐，而是主動登門造訪，卻讓對方忙著招呼自己，而且還讓對方為難，但他又想不到可以炒熱氣氛的話題。

「你們這幾個人中，也有一個打棒球的，我忘了他叫什麼。」

「是谷原！」

即使如此，廣澤的父親仍然願意提供話題，所以他很有精神地回答。

「聽說由樹有時候也會加入谷原的球隊參加比賽。」

除了這件事，還聊了什麼有關棒球的話題？他努力回想在斑丘高原別墅時的聊天內容，但想到谷原的名字，就會滿腦子都想到他被推下鐵軌的事。

「今天可不要排擠我。」

廣澤的母親端著放了菜餚的托盤走了進來，把裝在玻璃容器內的蕎麥麵和沾醬放在桌子上。

「真難得一見啊。」

廣澤的父親低頭看著蕎麥麵的容器說。

「宮田太太說她去了出雲大社。」

深瀨也看著蕎麥麵。原來比平時吃的蕎麥麵粗了三倍。

「爸爸，深瀨買了葡萄酒給你。」

深瀨聽到他們互叫著爸爸、媽媽，不由得感到心痛。

「你不必這麼客氣。」

廣澤的父親說，但深瀨覺得不能只是笑笑作為回答。

「不，我雖然不會喝酒，但很喜歡大家喝了酒之後的愉快氣氛，我會多吃菜。」

「這些菜夠不夠吃啊。」

廣澤的母親開心地說。

「那我也就不客氣，來喝你送的葡萄酒。」

廣澤的父親說完，廣澤的母親立刻去廚房拿了過來，把三個杯子放在桌子，在廣澤父親和自己的杯子裡倒了葡萄酒，為深瀨的杯子裡倒了可樂。「乾杯！」廣澤的父親拿起杯子，廣澤的母親和深瀨也舉起了杯子。雖然沒有說為什麼乾杯，但三個人應該都想著廣澤。

「對了……你們剛才聊到谷原。」

深瀨伸手想夾天婦羅時，廣澤的母親對深瀨說。

「對。」

「不久之前，由樹高中同學打電話來家裡，問了大學和由樹同一個研討小組成員的地址，說想要寄信給你們，所以我就告訴他谷原的地址，不知道他有沒有收到？深瀨，你有聽說這件事嗎？」

深瀨放下筷子，努力讓心情平靜。

那個人寫的信就是告發文。打電話的人就是兇手嗎？

『廣澤由樹有一個姓古川的高中同學。』

走下廣澤家門前的坡道，回到車站前的海濱商務旅館，深瀨在狹小的書桌上攤開了筆記本。廣澤的母親說，打電話去廣澤家打聽在大學和廣澤同一個研討小組成員住址的，是一個男人的聲音。

——是怎樣的聲音？

深瀨問，廣澤的母親一臉驚訝，似乎不瞭解這個問題的意思，但還是回答說，就是普通男生的聲音。深瀨一度想說出告發文的事，但又擔心廣澤的母親以為在責怪她。更何況如果使用變聲器，男人裝成女人的聲音，或是女人假裝是男人的聲音，廣澤的母親可能就不會輕易告訴對方谷原的地址。

——他叫什麼名字？

——古川，他說和由樹高中三年都是同一個班級。

對方似乎沒有報上自己的全名。

——伯母以前有見過他嗎？

——由樹讀高中之後交的朋友，我都沒見過。

廣澤的母親說，他就讀的西高中是學區內所有公立高中之中最好的升學學校，由於位在距離住家十五公里的鄰町，所以廣澤在放學後會去朋友家玩，但從來沒有帶同學回來過。深瀨突然想到一件事，立刻問廣澤的母親，是否可以看一下廣澤高中時代的畢業紀念冊。

——我們也找了很久，但怎麼也找不到。

而且他們不知道畢業紀念冊什麼時候不見了。雖然看到廣澤在高中畢業典禮那一天帶回家，但不知道他放在家裡，還是讀大學時帶走了。在廣澤車禍身亡後，他們想要看畢業紀念冊，但無論在家裡、還是他宿舍的東西中都沒找到。

——不知道有沒有給谷原添麻煩？

看到深瀨沒有說話，廣澤的母親擔心地問。

——啊，不，對不起。因為我明天會和由樹的幾個高中同學見面，所以想看一下畢業紀念冊，只是想先瞭解一下是怎樣的學校。我不知道那個姓古川的同學有沒有和谷原聯絡，我會傳電子郵件問一下谷原。

不知道是否因為一口氣大聲說完這段話，他的肚子發出很大的聲音。在「咕」的聲音後，又發出了嚕嚕嚕的聲音，簡直就像是漫畫的場景。不知道廣澤的母親是否覺得很好笑，她噗哧一聲笑了起來。

——邊吃邊聊吧。

剛才默默聽著他們說話的廣澤父親也愉快地說道，大家都拿起了筷子。

之後沒有再聊廣澤的事。在聊到深瀨的工作時，他們提到家裡的印表機似乎有點故障，深瀨決定飯後幫忙檢查一下。他打開電腦，清理了噴嘴，廣澤的父親說他幫了大忙，深瀨不由得感到高興。

——以前這種事，完全都交給由樹處理。

廣澤的父親突然說道，讓深瀨感到難過不已。

我自以為是何方神聖，竟然跑來這裡找兇手！

『廣澤由樹是遭人殺害。』

寫完這行字，他又塗掉，直到完全看不清原來的字。該說出一切嗎？該說出不會喝酒的廣澤被半強迫地喝了酒，而且明知道他開車經驗不足，還讓他在天候惡劣的深夜，獨自開往地形又窄又複雜、又有連續彎道的山路嗎？

雖然谷原差一點送命，但也許兇手並不是一開始就想置他於死地。為了預防有人繼續受害，也許不應該尋找兇手，而是必須說出真相。不一定要告訴警方，只要告訴廣澤的父母，真心誠意地道歉，兇手得知之後，或許就會收手。

廣澤的父親也許在瞭解真相之後，也會把秘密藏在心裡。

當面說這件事太痛苦，要不要用寫信的方式？他打開抽屜，尋找有沒有信封和信紙，發現放在桌角的手機響了。收到了來自一個陌生信箱的電子郵件。原來是松永聯絡的同學，說明天會和另一個同學一起和深瀨見面。寄件者的姓氏並不是古川，雖然沒有寫名字，但從措詞來看，應該是女生。

深瀨覺得如果只是尋找兇手，和這個女生見面並沒有意義，但目前對廣澤還缺乏充分的瞭解，筆記本上也只寫了三頁而已。對了！深瀨在寫了指定的時間和地點的內容下方，又加了一行字。

『如果方便，請帶畢業紀念冊來。』

由於手機的鬧鐘設定沒關，隔天早晨，和上班日一樣，六點半就被大音量的電子聲吵醒了。

昨天晚上，他寫了一百句以廣澤由樹開頭的句子後去沖了澡，躺在床上不到十分鐘就睡著了，電視也沒關。之前美穗子曾經很驚訝地問他，為什麼電視和燈沒關，還可以睡得著。美穗子遞上那封告發信的那天晚上之後，他始終無法熟睡。可能在坡道來回走了幾次奏了效，再加上心情也很滿足。

雖然很在意那個姓古川的高中同學，但從和廣澤一起長大的朋友口中得知了以前不知道的廣澤，自己內心的廣澤更加立體，也因此感到滿足。最重要的是，和廣澤的父母相處融洽，讓緊張的心情頓時放鬆了。

即使閉上眼睛也無法入睡，他乾脆起床漱洗，打算出門散步。因為商務飯店沒有提供早餐，所以他打算去附近的便利商店買早餐，找一個風景不錯的地方吃早餐。

他在飯店隔壁再隔壁的便利商店買了冰咖啡和三明治，但沒有走向廣澤家那一帶山的方向，而是沿著國道走向大海。

『廣澤由樹高中時騎腳踏車上學。』

他用手機搜尋了到西高中的地圖，心想廣澤以前就是沿著這條海岸線騎去學校，忍不住打量著周圍。

一直以為瀨戶內海的海水是藍綠色，但眼前這片平靜的大海一片蔚藍，彷彿反射了夏日的天空。廣澤騎車上學時，是不是覺得今天的大海也很漂亮？不，他很熟悉這片風景，只有外地人才會說，大海很漂亮，或是海風很舒服這種話。

他走去岔路，坐在可以眺望大海的堤防上，打開了三明治。如果自己也在這裡出生，會和廣澤一起上下學嗎？放學後或是假日，會這樣看著大海，一起吃麵包或是飯糰，討論升學的問題嗎？

深瀨，我想出國旅行一年。

廣澤會和自己分享夢想嗎？廣澤想去哪個國家？昨天為了檢查印表機，打開了廣澤家的老舊電腦時，想到不知道電腦上是否留下了廣澤搜尋的紀錄，但隨即覺得應該有更多他父母的隱私，所以盡可能不碰電腦。

如果發現搜尋廣澤車禍的紀錄……

等一下。他喝了一口冰咖啡。廣澤的手機雖然燒掉了，但他在大學時使用的筆電應該還留著，筆電的電子郵件資料夾內，是否有他好朋友的電郵信箱？但深瀨只知道廣澤手機的電郵信箱，即使真的有古川這個朋友，即使真的如谷原所說，廣澤有女朋友，應該也是用手機聯絡。

等一下見到廣澤的老同學時，也要向他們打聽廣澤女朋友的事。

深瀨喝完了咖啡，面對大海站了起來，用力伸著懶腰，為了迎接新的廣澤做好準備。

雖然深瀨對飯店並不是很熟，但坐在海濱商務飯店一樓大廳旁的咖啡廳四處打量時，覺得飯店這種地方並不屬於當地民眾，反而是外來客的地盤。說得誇張一點，有點像是大使館。尤其當地人並不會在商務飯店這種地方舉行婚禮或是尾牙這種宴會，所以對當地人來說，雖然知道這個地方，卻很少會踏進來。難道是因為周圍聽到的談話聲中並沒有夾雜本地方言，所以才會有這種感覺嗎？

一個人的時候，不會覺得這裡是自己的地盤，但如果和幾個朋友一起聊得很開心，可能會一時忘記這裡是遙遠的城鎮。

事實上，在距離很遠的座位上，就有三個大聲說著關西話的大嬸，漸漸消除了他正在愛媛縣的感覺。

「請問是深瀨先生嗎？」

深瀨光注意那幾個大嬸，沒有及時發現有兩個女人走到自己面前。

「我就是。」

他忍不住像和客戶談生意時一樣，起身恭敬地站在那裡。聽到兩個女生笑著說「真好玩」時，額頭上頓時噴出了汗珠，但努力告訴自己，對方和自己同年，總算完成了自我介紹。

那兩個女人分別自我介紹，她們叫上田麻友和吉梅葵，隨興的打扮顯示她們是本地人。傳電子郵件給深瀨的是麻友，除了手提包以外，還背了一個應該裝了畢業紀念冊的尼龍袋，但叫大家「坐下來再聊」，主導場面的是葵。聽她們說，這裡的鬆餅很好吃，深瀨雖然不餓，但也點了鬆餅和熱咖啡。

「麻友，妳和廣澤從小學到高中一直都是同學，要不要由妳先說？」

剛才還覺得商務飯店是外地人的地盤，但本地人一出現，氣氛就立刻改變了，簡直讓他為剛才的想法感到無地自容。聽到葵也用廣澤來稱呼廣澤，就覺得漸漸接近了自己所認識的廣澤。點逐漸變成線的預感，讓他內心興奮不已。

「只要是有關廣澤的事，任何事都沒關係，請妳告訴我。」

深瀨充滿期待地看著麻友，但麻友面露難色地用食指抓了抓額頭。

「我受小陽之託來這裡和你見面，雖然我們高中同校，但能說的也和小陽差不了多少，而且我和由樹也只有中學三年級時同班而已。」

即使如此，她仍然很自然地稱廣澤為「由樹」。

「即使很稀鬆平常的事也沒關係。比方說，如果要寫五句廣澤由樹是怎樣的人，妳會寫什麼？差不多就是這種感覺。」

「這就像是國文考試，應該更難吧？」

「那如果玩聯想遊戲，要出一題答案是廣澤由樹的問題呢？」

「首先，他很大，應該說個子高大比較好。」

麻友一口氣說完，但似乎說不出下文，注視著半空陷入了思考。

「他功課很好，但我直到中學三年級快結束時才知道這件事。數學課時，老師出了一題有點像智力測驗的難題，還說只要有一個同學答得出來，今天就讓大家自習，但沒有人主動舉手回答，結果老師問，廣澤也不會嗎？我記得當時很驚訝，老師這麼問，代表由樹的功課這麼好嗎？由樹被老師點到名之後，就開始解題。因為他即使得到全班最高分也不會炫耀，所以我之前完全不知道。從這一點來看，他這個人很低調。」

深瀨覺得很像是廣澤的風格。

「而且，他在棒球隊時的投球技術很好……說到底，就是他很善解人意。」

聽說有一個在班上當老大的男生叫全班同學都不要理班上某個軟弱的男生。

「雖然大家都不想這麼做，但如果不聽從他的命令，到時候自己可能會成為箭靶，結果大家都很不甘願地聽從了他的指示，只有由樹一如往常地對那個軟弱的男生打招呼。」

不知道為什麼，深瀨不是對廣澤，而是能夠對那個遭到無視的男生的心情感同身受。那個男生當時不知道有多高興，受到多大的鼓舞，深瀨好像自己受到保護般，內心湧起一股暖流。

「但是，廣澤這麼做，他不是會變成霸凌的對象嗎？」

「嗯，那個男生揪住他，罵他是叛徒，但因為由樹個子高大，所以對方也感到害怕，之後就沒再找他麻煩。也許由樹預料到這樣的結果，才會袒護那個軟弱的男生。」

深瀨完全同意麻友的意見。

「我覺得並不是體格的問題。」

剛才默默聽著他們說話的葵大聲反駁。

「難道你們真的以為是因為他身材高大，所以敢反抗班上的老大嗎？」

雖然葵嘴上說「你們」，但視線集中在深瀨身上。深瀨很怕她繼續說：「這只是你們為了掩飾自己的自卑所說的藉口而已。」因為深瀨很清楚事實上就是這麼一回事，麻友應該也知道。但是，有時候也會真心認為，如果自己的身高再多長五公分，如果自己的腕力稍微再大一點，至少如果可以不駝背，也許就可以多一點勇氣，也許會變得更積極。不，無法變得這麼正面。

但至少也許不會感到自卑了。

「外貌的影響很大啊，並不是每個人都能像妳一樣有話直說啊。」

不知道是否習慣了葵的咄咄逼人，麻友輕鬆地反駁道。

「像妳這樣把自己的行為合理化，懂得見風轉舵的人都很精明，很懂得為人處事，每天都可以過得很開心。」

雖然葵說話的語氣很平靜，但還是不留情面地繼續批評。她又瘦又矮，並沒有特別漂亮，也不可愛，外貌很普通，如果從小就用這種方式主張自己的正義感，在學生時代的處境恐怕令人堪慮。深瀨回想起自己的中學時代，發現自己班上也有這種類型的人。

有一天，他去學校時，發現氣氛不太對勁。不到半天的時間，他就發現班上的同學都故意不理自己。深瀨原本在班上就很不起眼，每天早上沒有幾個同學會向他道早安，即使在教室門口遇到，同學也經常不擡眼看他，但那並不是無視，而是無意識之下的行動。然而，那天卻不一樣，同學都刻意避開他。既然要無視，可以像平時一樣對他視而不見，但那些同學故意繞一個大圈子走開，或是乾脆轉身跑開，好像有人規定不能走進深瀨周圍半徑一公尺的範圍。再遲鈍的人，也會發現自己遭到無視。

雖然他不知道誰是主謀，也不知道自己哪裡得罪了別人，但他告訴自己，只要忍耐一個星期，一切就會恢復原狀，故意面不改色，假裝這種事根本無法影響自己……

——我覺得這樣太奇怪了。

一個女生在班導師上國文課時突然雙手用力拍桌，站了起來，然後當眾告訴班導師，深瀨遭到全班的無視，暗指班導師太失職，竟然沒有發現這件事。於是國文課改成了班會課，當班導師問哪些同學不理睬深瀨時，除了告狀的女生以外，全班同學都陸續舉起了手，結果在沒有查出誰是主謀的情況下，全班同學都站起來，對著深瀨鞠躬道歉：「對不起！」以鬧劇的方式結束了對深瀨的無視。

下課後，那個女生特地走到深瀨的座位前。

——遇到討厭的事，下次要自己說討厭，否則在快忘記的時候，又會遇到相同的事。

比起發動無視他的首謀，深瀨更想狠狠地揍她一頓。

「深瀨先生，你是不是覺得我這個人很討厭？」

「呃……」

他慌忙收起差一點舉起的手。如果伸手去摸冒著汗的臉，就代表肯定的意思。

「讓各位久等了。」服務生剛好在這時將散發著奶油香味的鬆餅送了上來，深瀨點的鬆餅上只有奶油，她們點的鬆餅上有擠成霜淇淋狀的鮮奶油和紅色草莓醬。

「先吃吧。」

麻友很有精神地說。她雖然瞭解葵的性格，但可能沒預料到會用相同的態度對待初次見面的深瀨。

「這裡的厚煎鬆餅一直都很受本地人的歡迎，在鬆餅熱潮之後，就把菜單也改成鬆餅了，總覺得有點怪怪的，由樹應該也來這裡吃過。」

麻友努力改變話題，深瀨也回答說：「看起來很好吃。」拿起刀子切鬆餅。

「行動和想法並不是隨時都一致，幾乎所有的人都意識到，自己的行為並不是最出色，但有時候可以因此維持世界的協調。有時候指出一些當事人沒有察覺的事，可以獲得改善，但如果指出當事人早就意識到的事，就無法改變任何事，相反地，反而會讓對方覺得丟臉，讓對方變得更固執。」

深瀨和麻友吃著鬆餅，葵沒有拿刀叉，一個人繼續說道。深瀨沒有擡頭看葵，專心吃著鬆餅，在心裡咒罵說，妳才言行不一致吧。

「是不是很矛盾？因為剛才這番話不是我的想法……而是廣澤對我說的話。」

深瀨放下刀子擡起頭。

「你終於正眼看我了。你可以邊吃邊聽，但請你仔細聽我說廣澤的事。」

「對不起……」

深瀨說這句話的聲音幾乎連自己也聽不到，他擡頭看著葵，更不知道葵有沒有聽到他說的話。

高中一年級時，葵和廣澤同班。第二學期時，班上發生了霸凌現象。一個在中學時代毫不起眼的男生，在運動會和文化祭上很出風頭。和那個男生同一所中學畢業的另一個男生心裡很不是滋味，於是就開始找麻煩。葵和那兩個男生讀不同的中學，所以起初只是遠觀，但有一次發生了她無法原諒的事。

「那個霸凌的男生之前一直都是直接叫另一個男生的名字，但突然用一個陌生的姓氏叫他，然後笑著說，啊，對不起，對不起，你中學的時候姓那個姓氏，一下子叫錯了。」

霸凌的男生在所有同學面前公開另一個男生父母離婚的事，然後調侃他。即使不是葵，任何人都會感到不舒服，至於會不會出面制止，則又另當別論。遇到這種情況時，該說什麼呢？叫他不要說這種話嗎？

「妳說了什麼？」

「我說不要因為自己在中學時代曾經是風雲人物，就見不得別人好。」

完全是直球攻擊。可能話剛出口，就會挨拳頭。

「結果沒事嗎？」

「不，那個男生走到我面前，用力踹倒我的桌子。」

那個男生應該已經很節制了，但是，葵說她很害怕。桌角撞到了她的大腿，椅子大聲倒地，原本放在課桌內的筆盒和課本都掉在地上。

「沒有人來幫我，連原本覺得是朋友的同學也一樣，就連我為他說話的那個男生，也只是遠觀而已。我什麼話都說不出來，只是拚命忍著淚水，這時，廣澤走了過來。」

廣澤並沒有對那個男生說：「住手！」也沒有擋在葵的面前保護她，只是扶起倒在地上的椅子，把地上的課本和筆記本撿了起來，放在課桌上。在廣澤做這些事時，踹倒桌子的男生咂著嘴，走出了教室。之後沒有再找葵的麻煩，也沒有再霸凌另一個男生。

深瀨的腦海中可以清楚重現廣澤不發一語地撿課本的身影。高大的背影本身或許就有一種威嚴，但是，現在他覺得廣澤當時挺身而出，和他的身材高大無關。廣澤內心根本無意評斷善惡，只是想要讓紛爭和霸凌落幕。如果自己挺身能夠解決問題，他會毫不猶豫踏出那一步。他就是那樣的人。

所以，那時候他喝了啤酒。

所以，那時候他答應去接村井。

雖然深瀨感到眼眶發熱，但葵的話還沒有說完。她感謝廣澤為她解圍，並相互交換了電子郵件信箱。有話直說的葵經常覺得傳電子郵件太慢了，就會直接打電話給廣澤。她剛才說的那番話，就是廣澤當時在電話中告訴她的。

葵會不會是廣澤的女朋友？葵一旦得知車禍真相，很可能會寄告發文。如果發現他們幾個人沒有反省，應該會毫不猶豫地採取下一步行動，也難怪她一見到深瀨，就表現得咄咄逼人。

「葵，妳和由樹交往了嗎？」

麻友問道。雖然好像看透了深瀨的想法，但她應該只是自己感到好奇。他們兩個人都看著葵。

「不，」葵露出好像快哭出來的表情搖了搖頭，「雖然我喜歡他，雖然很想在情人節向他表白，但後來沒有這麼做。」

她並不是無法這麼做。

「妳不是向來有話直說嗎？為什麼只有在這種事上畏首畏尾？」

深瀨覺得麻友說話的方式很像幸運草咖啡店的老闆娘，忍不住在心裡為她喝采，問得好，再多問一些。

「因為，一旦我說了，他就會說，好啊。」

雖然覺得葵說話太狂妄，但她臉上露出落寞的笑容。深瀨默然不語地等待她的下文。

「我起初以為廣澤和我是相同的顏色，雖然不是認為紅色就代表正義，但我在看人的時候，會用顏色來比喻對方。這個人是同系色，這個人是相反色，這個人是互補色。當我用美術課學到的十二色相環來判斷時，覺得即使和合不來的人也能夠相處融洽。對不起，我的比喻方式有點奇怪。」

「不……」

深瀨也曾經用顏色來比喻自己的人生。

「我從中學開始就一直這麼想，卻完全沒有遇到任何和我相同顏色的人，但廣澤和我一起對抗霸凌，我們在聊書和電影時也都很投機。我在吃七彩巧克力豆時想到，表面上我們屬於不同的顏色，但我覺得內在也許是是相同的顏色，所以想努力看看，如果在情人節送他七彩巧克力豆，不知道他能不能瞭解我想要表達的意思。只不過在持續觀察廣澤之後，漸漸發現不是這麼一回事，然後知道自己對他的認識有很大的誤解……麻友，如果要妳用顏色來比喻廣澤，妳會用什麼顏色？」

麻友突然被問道，似乎有點驚訝，「啊！」了一聲，抱著雙臂，思考片刻後回答說是橘色。

「因為那是太陽隊球帽的顏色，喔，太陽隊是他參加的少年棒球隊。」

「真不愧是從小和他一起長大的同學，太羨慕了。因為我從來沒看過他打棒球，深瀨先生，你覺得是什麼顏色？」

雖然深瀨預料到葵接下來會問自己，但還是和麻友一樣，抱著手臂陷入了思考。受到麻友剛才說的橘色影響，聯想到蜂蜜和咖哩的黃色，但如果是廣澤內心的顏色，應該不是黃色，而是更寬廣、更大器的顏色。

「藍色吧，像是大海或天空的顏色。」

「我能理解，但是，我覺得……他是透明色。無論是個性很強的顏色，或者是灰暗的顏色，透明的廣澤都會接納，所以會誤以為是和自己相同的顏色。只要他沒有女朋友，任何人向他表白，他就會說好啊，然後漸漸融入對方的顏色。既然這樣，我就不能讓他染上像我這種很自我、很惹人討厭的顏色。所以在重新分班，和他不同班之後，我就不再傳電子郵件給他，也不再打電話。」

深瀨覺得雖然葵和自己或許是不同的顏色，但就像綠色和紫色中都有藍色一樣，構成他們的顏色中，應該有相同的成分。
「由樹沒有說什麼嗎？」
麻友問。
「他只問了我一次為什麼，我回答說，我和透明人不合，他就懂了。」
「是嗎？是這樣嗎？我搞不懂。」
麻友哭喪著臉，但深瀨覺得能夠瞭解葵的心情。
「廣澤在大學時……身邊有沒有這樣的人？」
葵問完之後低下了頭。深瀨覺得她和受松永之託來這裡的麻友不同，她來這裡，不是想聊廣澤的事，真正的目的是想問這件事。同時想知道廣澤的大學生活，想要補充廣澤人生中，她不瞭解的那個部分，所以和自己的目的相同。深瀨決定如實告訴她自己知道的事。
「雖然我完全沒有察覺，但有朋友說，他在禮品店買了女生喜歡的手機吊飾，他應該有女朋友，所以我反而想問妳們兩位這個問題。」
深瀨很想說對不起，但還是把話吞了下去。對不起，我無法回答妳的問題。
「沒關係，謝謝你，如果他有女朋友，我會很高興，但很希望是廣澤主動向那個女生表白。」
葵說完，拿起刀子，把鮮奶油已經融化的鬆餅切成四等份，把一片比嘴巴更大的鬆餅塞進嘴裡。深瀨覺得她藉此表示已經無話可說了。

「啊，對了，趁沒有忘記，先把這個給你。」

麻友把放在腳下籃子裡的尼龍包遞給深瀨。深瀨接過時，發現很沉重。打開尼龍包一看，發現裡面有小學、中學和高中的三本畢業紀念冊。原本以為只有高中的畢業紀念冊，所以暗自感到高興，而且還有小學的畢業文集。

「謝謝妳，真的幫了大忙。」

深瀨盤算著也可以拿給廣澤的父母看。

「你不是受由樹父親的委託，要製作類似追悼文集的東西嗎？」

雖然不知道松永當初是怎麼跟她說的，總之變成了受廣澤的父親委託製作文集，所以麻友才努力回想起廣澤功課的事和霸凌的事，盡可能詳細說明當時的情況。

「雖然我沒有自信，不知道能不能做出像樣的東西。」

「從那麼好的大學畢業，你太謙虛了。既然由樹的父親委託你這件事，代表你是來參加葬禮的人中，由樹最好的朋友？」

「嗯……算是這樣吧。」

如今，他對這件事沒有太大的自信。

「那我有一個問題想請教，由樹是因為開車去接朋友，才會發生車禍。聽說和他一起去旅行的同學很後悔，說早知道應該搭計程車去，或是應該阻止他，也向由樹的父母道歉，是不是這樣？」

深瀨默默點著頭。麻友雖然面帶笑容，好像在閒聊般問這些事，但深瀨覺得腋下冒著冷汗。

「在討論要不要接那個同學時，是不是一開始就是以由樹去接為前提？」

「為什麼這麼問？」

「這不是我的意見，而是這一帶婆婆媽媽的八卦說法。她們覺得因為由樹人很好，所以無法拒絕。該怎麼說，這裡的人都覺得是你們害死了由樹，但伯父為什麼會委託你製作追悼文集，讓我感到不解。」

「哪有！我、不，我們……發自內心地為那天晚上的事感到後悔，也為廣澤的死感到難過。至少我、對我來說，他是我人生第一個好朋友。」

深瀨用力握緊了放在腿上的拳頭，雖然全身都很用力，淚水卻緩緩從眼中滑落。

「對不起，我說了這麼失禮的話。那就希望你製作出一本出色的文集。畢業紀念冊任何時間還我都沒有問題，用完之後可以寄去小陽家，我們走吧。」

麻友催促著葵，她們並不是對深瀨流淚感到抱歉，而是有點不知所措。葵什麼話都沒說，她沒有責備麻友，可見她也相信了那些傳聞。

謝謝妳們特地來這裡，謝謝妳們抽空前來。雖然深瀨知道自己必須向她們道謝，但只能微微鞠躬。當他回過神時，發現她們拿走了帳單，各自付了自己餐點的費用。

我來付。即使現在去收銀臺，也會遭到拒絕。她們一定不想被奪走從小一起長大的朋友和同學的人請客。

是不是因為受到廣澤父母的熱情招待，就誤以為已經獲得了原諒？是不是因為在葬禮時，能夠坐在家屬旁，就真的以為自己是廣澤最好的朋友？

難道真的以為可以一邊喝咖啡，一邊心情愉快地聽廣澤的老同學聊往事嗎？根本沒有任何人原諒自己，這和他們知不知道廣澤喝酒這件事毫無關係，即使沒有喝酒這件事，他們也認為是自己和另外三個人害死了廣澤。

即使找到寄告發文的兇手又怎樣……？

他很想就這樣離開，但發現離下一個約會只剩下不到十分鐘，立刻站了起來。因為對方說要邊吃午餐邊聊，所以指定了見面的地方，那是車站前商店街上的一家中餐館。

因為剛好是午餐時間，餐館內人滿為患，當他報上「岡本」的姓名後，服務生帶他來到二樓的榻榻米房間，雖然不是包廂，但房間內沒有其他客人。一個男人坐在最後方的桌子旁，一看到深瀨，立刻舉起一隻手，露出爽朗的笑容。

他是麻友幫忙約到的排球隊隊長岡本翔真，長相英俊，皮膚白淨。他一定很有異性緣。深瀨心神不寧地在岡本對面坐了下來。

雖然他們同年，但旁人一定不會覺得他們是朋友，很可能誤以為岡本以介紹女朋友為誘餌，詐騙深瀨購買英語會話教材。

深瀨不時偷瞄著岡本帥氣的臉蛋這麼想，但是，當眼神不經意交會時，他發現岡本正目不轉睛地看著自己，忍不住雙手搓著臉頰，擔心臉上還有淚痕。

「你參加了葬禮嗎？」

「有啊……為什麼這麼問？」

深瀨問，岡本有點為難地抓了抓頭。

「我可以說一些很沒禮貌的話嗎？」

光聽到岡本的預告，深瀨內心就湧現窒息般的不安，但無論任何事，都應該聽對方說。

「你不必客氣。」

當他回答時，服務生走了過來。岡本沒有打開菜單就說：「這裡的湯麵很好吃。」點了自己的份，深瀨也點了相同的湯麵。

「你要不要坐得輕鬆點？」

聽到岡本這麼說，深瀨改變跪坐的姿勢盤腿而坐。

「葬禮的時候，我聽其他人說，坐在那裡的是廣澤大學時的同學，我感到很高興。」

深瀨擡起頭，注視著岡本的眼睛。他剛才說「很高興」？

「因為那是一所好大學，原本以為都是一些書呆子，但發現你們幾個很有型，或者說很帥氣，看起來很開朗，應該很受女生歡迎，很高興他終於能夠和這種人交朋友了。」

深瀨完全聽不懂岡本在說什麼。

「高中的時候，參加修學旅行或是文化祭之類的活動，大家不是通常都和社團的朋友玩在一起嗎？我也理所當然地認為廣澤會加入我們，沒想到他每次都說，已經和其他同學約好一起玩，婉拒了我們。那個同學很不起眼，根本沒有其他朋友，廣澤心地善良，當對方露出好像流浪狗一樣的眼神靠近他，他就不忍心拒絕，那個人明明一無是處，卻自以為是廣澤的好朋友。既然是不起眼的人，就應該去結交不起眼的朋友，他卻覺得自己和那些不起眼的傢伙不一樣。」

岡本說的每一句話都刺進深瀨的心裡，雖然岡本並不是在說他。

「我想到一個比喻！就像是醜八怪的女人拿了一個高級名牌包，那個傢伙並不是喜歡廣澤，只是想和各方面都很厲害的人在一起，顯示自己並不屬於不起眼的那群人，但只有廣澤理他。」

所以，岡本看到谷原、村井和淺見，覺得他結交了相匹配的朋友，內心為他感到高興。

「但那個不起眼的同學可能真的喜歡廣澤。」
即使被岡本發現是以自己的立場在說這句話也沒有關係，而且岡本是覺得深瀨和那個朋友很相似，才會說這番話的吧。
「不知道啊，但難道不會想到要讓廣澤自由嗎？一旦知道廣澤有機會結交更高層次的朋友，自己就黯然退出，才是友情啊！」
廣澤也這麼想嗎？比起和自己在一起，他更想要和谷原他們在一起嗎？……也許是這樣，所以才沒有把參加谷原棒球隊、和村井一起去吃咖哩的事告訴自己。
「我也想見見那個朋友，可以請教他的名字嗎？」
「好啊，但不要說是我告訴你的……古川，古川大志。」
岡本在桌子上徒手寫著漢字。古川。深瀨剛才聽到一半時，就有了這樣的預感。
「啊，但他不在這裡，因為他連讀大學也跟著廣澤。」
雖然古川沒有考上同一所大學，但他就讀了東京的另一所私立大學，畢業後也沒有回到老家。深瀨他們的大學不在東京都內，但對岡本來說，關東圈都算是同一個地區。古川也沒有來參加廣澤的葬禮。
「你知道他的聯絡方式嗎？」
「我不知道，不清楚有沒有人知道……我和古川讀同一所中學，可以幫忙打聽看看。」

岡本立刻拿出手機發電子郵件，深瀨看著他的手思考著。

要不要趁這個機會問一下？不，即使不問也很清楚，古川大志一定很像自己。如果用葵的方式來比喻，就是有相同的顏色。

深瀨抵達松山機場時，手機響了。他把裝了兩大瓶橘子蜂蜜的紙袋放在腳下後拿出電話，是岡本用電子郵件傳來了古川的手機號碼。

雖然他很想立刻去見古川，但這並非當務之急。

必須先去見一個人……因為剛才在畢業紀念冊中發現了那個人。

第五章

幸好是搭飛機移動，讓深瀨稍微恢復了冷靜。如果回到家之後才翻開廣澤高中時代的畢業紀念冊，即使是深夜，應該也會拿起電話。如果搭新幹線也一樣，一定會拿著手機走去車廂之間的連結處，為列車的轟隆聲和進入隧道收不到訊號而咂嘴的同時，報告自己發現了出人意料的事。

出人意料的事……？坐在飛機上，為了平靜心情，他想要模擬在畢業紀念冊中發現的那個人，和這起事件的過程，突然和窗戶上的自己四目相接。那個人是廣澤的高中同學，能夠只因為這個原因，就認定是對方寄了告發文嗎？他覺得堅硬的玻璃窗上的自己比活生生的自己稍微冷靜地問了這個問題。

也是那個人把谷原推下鐵軌？以雙方身材的落差，有辦法做到嗎？而且，那個人是單獨行動嗎？會不會有共犯？

想到這裡，眼前浮現畢業紀念冊中另一張照片。古川大志。高中時代和廣澤成為好朋友，一直追著廣澤去東京讀大學，在廣澤死後，打電話去廣澤老家，說想知道廣澤唸大學時同一個研討小組成員的聯絡方式。

不能急著下結論。為了瞭解廣澤的人生，不是依次見了廣澤的父母，和他以前的同學嗎？只要見到古川，一定可以順藤摸瓜，找到下一個。即使已經猜到下一個人是誰，也不能跳過古川。

為什麼要再三告訴自己，必須和古川見面？深瀨的視線從窗戶上移開後，再度面對窗戶，讓自己的臉再度出現在窗戶上。

他內心早就有了答案。

深瀨回家打電話給古川時，照理說，古川的手機上應該顯示的是陌生的號碼，但可能告訴深瀨手機號碼的岡本，或是其他同學已經聯絡了古川，所以古川完全沒有戒心地報上了自己的姓名，然後問：「有什麼事嗎？」感覺好像在等這通電話。而且，古川在言談之中還暗示已經調查過深瀨。當深瀨提出想見面聊一聊時，古川二話不說地答應，說自己也正有此打算。決定見面的地點時，深瀨不知道古川住在哪裡，原本以為古川也不知道自己住在哪裡。沒想到……

——我可以去你公司附近，是不是西田事務機？

為什麼？這句話已經衝到喉嚨，但深瀨吞了下去。不能讓對方察覺到自己的慌亂，他故作平靜地指定了之前去買咖啡豆的那家店。幸好古川沒有接著說，就是你之前吃蜂蜜吐司的那家店吧？他對古川產生的畏懼也減少了一半。

古川先抵達了約定的地方。長相和畢業紀念冊上的照片相差無幾的瘦小男人心神不寧地坐在擠滿了女性客人的飲用區最角落的座位，深瀨走上前去確認，但又覺得即使自己沒看過照片，應該也會認出他就是古川。

「啊，那個、讓你久等了。」

由於不知道古川到底掌握了自己多少資訊，所以原本打算用強勢的態度面對他，以免被他吃定了，但一邊擦著額頭的汗，一邊說出口的話卻很小聲，幾乎被嘈雜聲淹沒。

「不，沒事。」

古川微微起身，抓著頭，鞠了一躬。兩個人互看了一眼，露出分不清是想要擠出笑容，還是只是揚了揚嘴角的表情，面對面坐了下來。可能古川剛才對服務生說在等人，所以當他們一坐下，服務生就走過來為他們點飲料。深瀨沒有打開飲料單，就點了熱咖啡，古川也點了相同的飲料。

深瀨喝了一口冰水，重新瞥了古川一眼。雖然雙方視線在瞬間交會，但無法判斷到底是自己還是對方先移開視線。可能雙方都在不時偷瞄對方。這樣不行。深瀨微微深呼吸，坐直了身體，直視古川。當兩個人眼神交會時，古川也不再移開視線。緊張的氣氛中，深瀨不知道該如何開口。雖然是他打電話給古川，約他見面。

「對了，這裡的吐司也很好吃，而且會搭配嚴選的蜂蜜。」

深瀨看向雜誌架旁的小黑板，上面寫著「奈良縣吉野的櫻花蜂蜜」，看了很心動，完全忘了兩個大男人在一起吃蜂蜜吐司有點丟臉。

「原來還有櫻花蜂蜜，感覺很好吃。」

古川小聲地說。在服務生送咖啡上來時，深瀨點了兩人份的吐司。

櫻花蜂蜜沒有橘子蜂蜜那麼黃，深瀨在吐司上淋了滿滿的蜂蜜。古川倒了少許蜂蜜在白色的盤子角落，可能想要先嚐嚐味道。

「你和廣澤經常來這裡嗎？」

古川低頭看著盤子問道。古川先提到廣澤的名字，好像先發制人地展開了攻擊，讓深瀨有點畏縮。

「不，我上次偶然走進這家店……為什麼這麼問？」

「他不是很喜歡蜂蜜嗎，他家裡也有很大瓶的蜂蜜，他叫我帶回去，我就帶回去了，現在還放在冰箱裡。」

古川用咖啡的茶匙前端在蜂蜜上畫著圓圈，淡淡地說著話。深瀨原本想要問古川，他和廣澤到底有多要好，上了大學之後，仍然有來往嗎？在深瀨是廣澤的朋友時，廣澤和古川還有見面嗎？但現在已經不必問了。

「你是不是有點受到打擊？原本以為只有自己是廣澤的好朋友。」

雖然古川話語中並沒有調侃的語氣，但深瀨頓時感到臉頓發燙。

「你憑……」

原本想要說「你憑什麼說這種話」，但最後還是無法說下去。不能讓對方覺得已經看透了自己的心思，所以他故意微微偏著頭，想要表示聽不懂對方在說什麼。即使對方覺得自己演技很差也沒關係，因為古川應該也和自己差不多。古川完全不在意深瀨的內心小劇場，繼續說了下去。

「既然你和廣澤讀同一所大學，也許不需要再問，你……在中學和高中，尤其在中學時，在班上是不是算成績很不錯？」

深瀨既沒有承認，也沒有否認，一心想著視線不能移開古川的雙眼。

「周圍都是一些笨蛋，但不知道為什麼，自己在班上的地位很低，甚至可能被全班所有的人看不起。女生認為自己和那些宅男一樣，都被歸類為不起眼的那個族群，每天都鬱鬱寡歡，很想對那些女生說，別把我和他們混為一談。」

古川說著，自嘲地笑了笑。

「你覺得自己因為住在鄉下地方，所以才會過著這樣的學生生活。那些試圖在狹小的世界排名的傢伙，都會貶低比自己優秀的人。真是受夠了，應該有更適合我的世界，那裡有配得上我的朋友，能夠瞭解我。」

古川滔滔不絕地說著，好像完全瞭解深瀨至今為止的人生。深瀨很想捂住耳朵，但是，他告訴自己，並不是這樣。在看到古川的瞬間，不，在見面之前不是已經覺得自己和古川很相像嗎？雖然長相不同，但兩個人的外表都屬於不起眼的那一類。但其實外表根本不重要，深瀨也不瞭解古川的性格，關鍵在於他們彆扭的方式都一樣。古川好像在說深瀨，但其實是在說他自己的情況。

即使這樣，也不要把我和你歸為同類。深瀨在心裡反駁。

「遇到廣澤時，你是不是覺得終於遇見了？」
深瀨回想起大家在研究室自我介紹的那一天。村井、谷原、淺見全身散發著自信，讓深瀨感到自卑，看到廣澤後，暗自鬆了一口氣。但是，如果當時換成是古川，而不是廣澤，即使古川和自己散發出相同的感覺，仍然會為自己不得不和他成為一組感到沮喪。
廣澤長相不差，個子高大，個性也很開朗，但不會讓別人產生壓迫感。廣澤渾身散發出這樣的感覺。
雖然明知道這代表自己宣告認輸，但深瀨還是忍不住點了點頭。
「和廣澤在一起，就會覺得那些拚了命想要排名的傢伙真的很無聊，也忍不住同情那些汲汲營營的傢伙，覺得他們太渺小了。廣澤向來不說別人的壞話，也不會抱怨或是發牢騷，願意接受眼前的一切。他是一個坦誠自在的人。」
深瀨雖然不甘心，但還是點了點頭。
「所以，他可以看到我身為一個人的本質。和那些表面上裝得人模人樣，卻在背地裡拚命掙扎，扯別人後腿的人不一樣，和自己一樣，是能夠看清本質的人，也就是想和我交朋友。」
雖然深瀨沒有這麼想過，但的確覺得自己和廣澤是同類。深瀨再度輕輕點頭。
古川心滿意足地用嘴角笑了笑，在冷掉的吐司上加了大量蜂蜜咬了起來。

深瀨也喝了一口冷掉的咖啡。不知道是不是沖泡的方式不同，這裡使用的是所謂的嚴選咖啡豆，但舌尖上留下了隱約的澀味。上次沒有察覺，之前在幸運草咖啡店喝咖啡時，也從來沒有這種感覺。

「……嘛。」

深瀨專心思考咖啡的事，沒有聽清楚古川小聲說了什麼，所以反問了一聲：

「啊？」

「我說，怎麼可能嘛。」

古川放下手上的吐司，故意大聲嘆著氣。

「你和我很像，我們應該可以成為好朋友……如果聽到我這麼說，你會不會有點生氣？」

雖然不至於生氣，但也不會高興。深瀨打算這麼回答，但古川看到他沒有回答，似乎認為他表示同意，所以就接著說了下去。

「我就知道。所以到頭來只是自己認為，自己和廣澤是同類。」

深瀨不知道古川說的「自己」指的是深瀨，還是他自己。

「雖然無法進入同一所大學，但我幾乎每天都會見到廣澤。因為我們住在同一個公寓，並不是我像跟蹤狂一樣纏著廣澤不放。」

古川和廣澤各自考上不同的大學後，一起從鄉下來到這裡找房子。當他們對房屋仲介說，房租便宜是首要條件時，仲介建議他們可以分租房子。

「廣澤覺得這樣也沒問題，但我拒絕說，還是不要住在一起，否則交了女朋友會很麻煩。」

之後他們找到了父母答應的預算範圍內的公寓，雖然離古川的學校有點遠，但即使加上月票的費用，公寓各方面的條件都很理想，所以他們決定都租這個公寓的房子。他們租好房子，當天搭機回愛媛時，古川問了廣澤喜歡哪一種類型的女生。

「我一心想要離開鄉下，而且被貼上了『不起眼』的標籤，學校裡也不可能有女生會喜歡我，所以從來沒有和廣澤聊過這個話題。」

沒想到廣澤立刻說了一個同年級的女生名字，那個女生很可愛，曾經在文化祭的校園美女選拔賽中獲得第二名，她和廣澤在二年級時同班。

「我對廣澤說，你根本是癩蛤蟆想吃天鵝肉，即使鼓起勇氣表白，對方也不會把你放在眼裡吧。廣澤也笑著說，我想也是。」

深瀨可以想像廣澤當時的表情。之前深瀨找工作不順利而忍不住抱怨說，只有那些機靈的傢伙能夠考上時，廣澤平靜地笑了笑說，我想也是。廣澤在對古川說這句話時，應該也露出了相同的表情。在廣澤離開老家之前，都沒有向那個天鵝肉的女生表白。

「但是，即使來到大城市之後，也有巧遇。」

剛升上大學三年級的春天，古川偶然走進一家麵包店，剛好遇到了那個女生。站在收銀臺內的女生先發現了他，主動叫他：「這不是古川嗎？」古川還沒有問，她就主動告訴古川，她上個月開始在這裡打工。

「我在畢業典禮時曾經聽人說，她考上了東京的女子大學，但一直以為只有連續劇中會發生這種巧遇的事。」

在巧遇之後，戲劇性的發展並不是發生在古川身上。古川在重逢她的那天晚上，就興奮地告訴廣澤白天發生的事。古川也很高興，因為自己向來很不起眼，即使重逢，對方也很可能認不出自己。即使認出了自己，照理說也會忽略自己的存在，但那個女生臨別時還對他說：「歡迎你下次再來。」

原本只是隱約記得她很可愛，如今發現她個性也很好，然後想起她雖然很受歡迎，但之前好像從來沒有聽說她曾經和誰交往。於是覺得她或許也能夠看清一個人的本質，對鄉下學校那種無聊的排名感到厭倦。只要有機會，可能會有進一步的發展。

但是，他並沒有把這些想法告訴廣澤。

他只是很得意，自己巧遇了廣澤在高中時心儀的女生。

——原來真的有這麼巧的事。

廣澤用一如往常的平靜口吻說道，但問了古川麵包店的名字和地點。

「差不多一個月後，廣澤邀我要不要一起吃晚餐。因為我們幾乎每天都一起吃晚餐，所以我猜想應該又是他老家的父母寄了大量蔬菜給他，沒想到那個女生也在。」

她穿著圍裙，在廣澤家裡做咖哩。廣澤聽古川說巧遇那個女生的隔天，就去了她打工的麵包店，把寫了手機號碼和電子郵件信箱的紙交給她。

「他們看起來感情超好，簡直就像從高中就一直交往，但當時我覺得多虧了我，所以發自內心地祝福他們。」

廣澤果然有女朋友，對方是他高中時的同學。深瀨握緊了放在腳邊的皮包邊緣，裡面放著畢業紀念冊。雖然古川並沒有提那個女生的名字，但也許自己知道她的長相和名字，也知道她說話的聲音，和她提到自己喜歡的人時，臉頰紅潤的樣子。但是，深瀨還不想告訴古川。

「後來呢？」他催促古川繼續說下去。

照理說，廣澤應該和她單獨約會，但他們經常邀約古川一起去看電影、看夜場球賽，也一起去了水族館。古川對當初是自己為他們牽了線這件事感到驕傲，更重要的是，他覺得他們兩個人都很歡迎他的加入。

他一直以為他們三個人是好朋友。

「但是，有一次……」

廣澤和她交往的半年後，他們三個人一起去看電影。因為剛好是連假中間那一天，售票處前大排長龍。他們三個人聊著喜歡的演員，並不以為苦。平時都是在買完電影票之後再去買飲料，但因為賣飲料的地方也大排長龍，廣澤說他去那裡排隊。古川以為那個女生也會跟著一起去，但她說了自己想喝的飲料後，和古川一起排隊買票。

古川並沒有因此想入非非，以為她對自己有意思。廣澤說他要去排隊買飲料，她只是覺得和廣澤分工合作而已。廣澤離開後，她一如往常地和古川聊天，問他最近有沒有看什麼有趣的書。古川也一如往常地回答，但突然發現奇怪的視線看著自己。

好幾個人不時偷瞄過來，但並不是一直盯著看。即使古川看向那個方向，也不會和任何人眼神交會，只是從那個方向隱約傳來「怎麼可能？」的嘲笑聲。他努力調整呼吸，思考著內心已經多久沒有這種躁動不安的感覺了。

他們不可能是一對。當古川清楚聽到這句話時，終於瞭解了自己被嘲笑的理由。那些人覺得自己明顯高攀不上身旁的女生，兩個人站在一起顯得格格不入，正好奇地猜測他們到底是什麼關係。他勉強擠出「真受不了」的笑容看向那個女生，她一臉納悶地看著古川。

——我還是不喝可樂，換烏龍茶好了。我去看一下還有什麼飲料，我叫廣澤過來這裡。

古川說完，不等她的回答，就離開隊伍，走向廣澤。

服務生為他們的空杯子裡加了冰水，古川一口氣喝完了，一直聽他說話的深瀨也感到口乾舌燥。他早就在腦海中用自己代替了古川。

「只剩下我一個人的時候，我突然想到，廣澤和她約會時經常邀我，是因為和她單獨在一起時會感到自卑。三個人在一起時，旁人可能會覺得是社團的朋友，也不會有那種格格不入的感覺。」

原來如此。深瀨點了點頭。古川再度用力嘆了一口氣。

「你要否認，不是這樣啊。我多少抱有一點期待，才會第一次見到你，就把這麼丟臉的事告訴你。」

古川並沒有生氣，而是一臉無助地看著深瀨，但深瀨不知道他在不滿什麼。

「你不是向很多人打聽了廣澤的事嗎？不是也見過排球隊的隊長岡本嗎？我不是一開始就說了嗎？」

喔喔。深瀨終於知道古川想要表達什麼，他低下了頭，眼神在桌面上飄忽不定，但古川並不認為他這個動作表示「我瞭解了」。深瀨聽到了古川吸氣的聲音。雖然大腦發出指示，要他捂住耳朵，但身體沒有反應。

「廣澤和她在一起時，完全沒有格格不入，沒有人會嘲笑他們，也不會竊聲討論他們到底是什麼關係。廣澤和我根本不一樣，只是他人太好，屈就於我的高度而已。我原本以為自己和廣澤一起站在高處，其實他原本應該站在更高處，我卻利用他的善良，把他拉低了。周圍的人一開始就發現了這件事，只有我一直搞不清楚狀況。」

古川的聲音在發抖，但深瀨不知道他有沒有哭。深瀨的視野模糊，他用手指擦去桌子上的水滴，就像擦拭桌子上的水痕。

「所以，我讓廣澤自由。為了避免被他同情，說了很過分的話……根本沒有想到那成為我最後對他說的話。」

「你說什麼……」

「我再也不要和你這種偽善者當朋友了。」

哐噹。有什麼東西碎裂的聲音。原本以為是廣澤的心碎裂的聲音，其實是客人離開後，正在收拾餐具的服務生打破了杯子。深瀨浮現一個無聊的想法，也許服務生是故意打破杯子，讓其他客人別再好奇地看著兩個不起眼的男人流著淚，一臉嚴肅地說話的樣子。

其實明明是服務生看到這個可怕的景象分了心，不小心摔破了杯子。但是，他根本不在意周圍的視線。

「你為什麼向廣澤的父母打聽我們的聯絡方式？」

「因為我想瞭解廣澤最後一年的生活。」

連這個想法也完全一樣嗎？深瀨用力揉了揉眼睛，正面注視著眼前的古川。一定是因為自己也脫下了自尊心這件鎧甲，所以不再討厭也脫下了鎧甲的古川。不，不是脫下，而是被打破了。他很想和古川隨便聊一聊。問他喜歡看什麼電影？喜歡看什麼書？喜歡喝什麼咖啡？兩個人一定可以聊得很開心。也許是古川讓廣澤瞭解落語的樂趣。

然而，在此之前，必須先確認一件事。

「你看到廣澤有我這樣的朋友很失望嗎？你自己痛下決心退出了，結果他又被同樣的傢伙糾纏，是不是很生氣？」

這次輪到古川默默地點頭。

「所以你寄了那封信？」

「信？」

古川詫異地皺起眉頭。看起來不像是假裝的。事到如今，根本不需要裝糊塗。

如果他真的不知道……

果然是她寄了告發信嗎？

「啊，不，沒事。好像還有其他人為廣澤的事想找我們，只是因為沒有留下姓名……廣澤的女朋友是木田瑞希小姐吧？」

「啊？」

古川看著深瀨，臉上的表情似乎在問，你在說什麼啊？

小時候一直以為放暑假時，老師也跟著放假。深瀨單手拿著工具箱，看著楢崎高中的員工停車場內的車子，走向正面玄關時他心想，看來並不是這麼一回事。

和古川見面的隔天早晨，深瀨在公司打電話給楢崎高中的木田。他壓低聲音說：「木田老師，我有事想要請教妳。」木田說，請他在下午方便的時候來學校，然後也壓低聲音說：「我會通知事務室，說印刷機有點問題。」最後又用不知道在對誰說話的語氣補充說：「淺見老師今天出差，不在學校。」

深瀨隔著窗戶，向事務室打了招呼後走進印刷室，卻不見木田的身影。他離開公司之前，還特地通知了木田。印刷室內也沒有其他老師。雖然教師辦公室就在隔壁，但他還是拿了放在角落的鐵管椅子坐下來等木田。

那天，他到松山機場後，打開了向廣澤的同學上田麻友借的畢業紀念冊，想要尋找古川大志。他並沒有問岡本，廣澤和古川是哪一班，所以只能從一班開始尋找。一班可能都是理科班，有八成是男生，並沒有看到廣澤的照片，也不見古川的名字。二班是男女各半。深瀨心想廣澤可能在這一班，從頭依次看下來時，目光停在正中央一張熟悉的臉上。

一看名字，寫著「木田瑞希」。雖然深瀨不太記得名字，但光有姓氏就足夠了。那不是淺見的同事，那個國文老師嗎？廣澤的照片也出現在同一頁上。廣澤的同學是淺見的同事。她在今年春天來到楢崎高中任職，如果木田透過淺見掌握了廣澤車禍的真相，就能夠說明為什麼事隔三年，才會寄告發信這件事。

木田和廣澤到底是什麼關係？在向當事人確認之前，和古川見了面，古川主動說起廣澤上大學之後，和高中同學交往。深澤認為那個女生很可能就是木田，雖然覺得她不具有能夠在校園美女選拔賽中獲得第二名的美貌，但她長得很可愛。

只不過即使想像她和廣澤在一起的身影，總覺得有點不太對勁，但深瀨認為這很可能是木田在自己面前偽裝出來的。她故意假裝個性隨和，不讓人察覺她在調查廣澤車禍的事，同時試圖從深瀨口中探聽消息。

但是，只要感到有一點不對勁，就不能牽強附會。就好像硬是把一片拼圖塞在不對的位置，最後將無法完成整張拼圖。

古川大志很乾脆地否認，廣澤的女朋友並不是木田。他一臉驚訝地問深瀨，為什麼會提到這個名字。古川雖然知道淺見的名字，也知道他在高中當老師，但似乎並沒有像深瀨調查得那麼深入，所以並不知道木田和淺見是同事，他甚至不知道木田畢業之後的動向。古川辯解說，因為一個年級有七個班級。但深瀨以自身的經驗知道，即使一個年級只有五個班級，或是三個班級，結果都一樣。

古川說，廣澤的女朋友或許和木田有來往。即使高中時並不是很要好，但因為來關東求學的學生並不多，所以同鄉都會定期聚會。

——他們從來沒邀過我參加，雖然廣澤受到邀請，但因為顧慮到我，所以他可能也沒去參加。

古川說完，落寞地笑了笑，說了一句「是五班的河部」後站了起來。他的態度既像是還想見面，又像是再也不想見面了。但是，深瀨一直看著他的背影，直到完全看不見為止。

記錄廣澤一切的筆記本上，一下子增加了許多補充項目。深瀨回到家裡，把筆記本和畢業紀念冊放在桌上，首先打開了畢業紀念冊上五班那一頁，尋找河部的姓氏。他盯著那張照片，幾乎快把那張照片看出一個洞，然後仰躺在榻榻米上，望著天花板。

這到底是怎麼回事……？

今天來這裡，不就是為了確認這件事嗎？深瀨從鐵管椅上站了起來，看向印刷機。剛才走進來時沒有發現，現在才看到蓋子上用膠帶貼了一張紙，上面用粉紅色螢光筆寫了「故障」兩個字。原本以為這只是找深瀨來這裡的藉口，難道真的故障了嗎？他打開蓋子一看，發現只是卡紙而已。他猜想可能是木田使用不平整的紙，故意讓印刷機卡紙，然後把滲了黑色油墨的紙拉了出來。

木田或許只是共犯，雖然只用了一張告發信對待深瀨，但淺見的車子上被貼了好幾張。也許當初就是使用這臺印刷機。深瀨內心浮現這樣的懷疑，但還是輕輕搖了搖頭。姑且不論之前，如今只要家裡有電腦和印表機，就可以輕鬆列印幾十張、幾百張告發文。

她自己印製的嗎？

敲門聲之後，門緩緩打開，木田東張西望後，走了進來。

「對不起，書法社的學生說沒有鑰匙。」

木田可能剛才在校舍內跑來跑去，額頭上微微滲著汗。

「啊，印刷機你修好了嗎？早上我想用的時候，發現有人用過之後，紙卡在裡面，所以你那通電話來得正是時候。」

她的樣子看起來完全不像是裝出來的。

「對了，我來倒冰麥茶。」

木田不等深瀨的回答，轉身就想離開。「不用了，不用了。」深瀨慌忙叫住了她。「那好吧。」木田請深瀨坐回他剛才坐的椅子上，兩個人在作業用的長桌子旁面對面坐了下來。深瀨覺得好像在進行偵訊。

「關於貼在淺見老師車上的紙那件事，有什麼新的進展嗎？」

「那件事還沒有，今天不是為了淺見老師的事。」

開車來這裡的途中，深瀨一直在思考該如何向木田開口。目前還不知道木田和這件事有什麼關係，如果把不必要的內容也說出來，可能會導致廣澤車禍的事公諸於世，對淺見不利。

他努力平靜心情。木田並不是第一個聽自己說這件往事的人，只要說相同的內容就好，自己只想知道一件事。

「可不可以請妳告訴我，廣澤由樹是怎樣的人？」

木田露出驚訝的表情。「廣澤？」她小聲嘀咕著，微微偏著頭，「你是說車禍身亡的廣澤？」

「是啊。」

「好啊……但是，你為什麼會認識廣澤？」

自己此行似乎只是來透露沒必要公開的事。深瀨開始後悔來找木田。

小學生真是太矮小了。深瀨忍不住說了這句理所當然的話。因為幾天之前，也看到了類似的景象，但今天是大人在球場上打棒球。他來到谷原所屬、廣澤也曾經數度支援的轟炸機隊正在練習的市民運動場。

雖然不見谷原的身影，但他事先就知道了。他打電話給谷原，詢問球隊練習的日期和地點時，谷原說他無法一直請年假，所以努力激勵自己去上班了，電話中的聲音也頗有精神。雖然公司同意他開車上班，但因為車子停在公司附近的月租型停車場，所以他抱怨開銷很大，只不過即使付了停車場的租金，他的薪水應該仍然比深瀨高。

是不是掌握了什麼新的線索？谷原問道，深瀨只回答說，近期也許可以向大家報告。

一個身材看起來就像是捕手的男人從球場向深瀨所坐的長椅跑了過來。他叫池谷博之，是谷原的隊友。深瀨對谷原說，想見一見其他隊友時，谷原訝異地說，棒球隊的事，只要問他就行了。深瀨拜託他一起去練習的球場時，遭到拒絕。他似乎還沒有完全恢復，目前還不敢靠近案發現場。

「讓你久等了，我聽谷原說了。」

池谷露出親切的笑容，在深瀨身旁坐了下來。

「你說想打聽一些事，是關於谷原的事嗎？」

「這也是其中一部分，在此之前，可不可以請教一下廣澤的事？目前，我正在向很多人打聽，廣澤是怎樣的人。因為之前聽了和他一起長大，也一起打少年棒球的朋友聊過他的事，所以也想瞭解他在這裡的情況。」

「是嗎？的確，他無論打擊和投球都很厲害，如果他沒有參加排球隊，持續打棒球的話，或許可以打進甲子園。如果他進大學後重新打棒球，一定可以成為正式球員，太可惜了。他為什麼不繼續打棒球？還是像谷原一樣，哪裡受了傷？」

池谷接連問了好幾個問題。深瀨從來沒有聽任何人提過廣澤曾經哪裡受了傷，他進大學後，之所以沒有加入任何運動隊，應該是沒有人邀他的關係。深瀨根據這一陣子聽到的有關廣澤的事，發現他總是很自然地接納眼前發生的事，接納主動向他靠近的人。

「他很喜歡棒球，可能只是缺乏契機吧。他在這裡打得開心嗎？」

「當然啊，我們曾經邀他每週一起來練習，但他說，還是只當代打就好。我猜想他是顧慮到谷原的心情。雖然谷原嘴上沒說，但看到廣澤在球場上活躍，似乎很不舒服，廣澤不是對這種事很敏感嗎？」

自己忍不住想要握住池谷的手道謝，是因為事到如今，他仍然認為自己代表廣澤的朋友嗎？在感到高興的同時，心情也很沉重。深瀨忍不住想，也許廣澤在意的不是谷原，而是自己。古川鼓起勇氣讓廣澤獲得了自由，他也交到了邀他一起打棒球的朋友，同時卻有一個煩人的朋友一直糾纏著他，束縛了他。

「對了，」池谷突然露出嚴肅的表情，「我原本以為谷原是喝醉酒，自己掉落鐵軌，後來聽說是被人推下去的。目前查到兇手了嗎？」

池谷果然更關心這件事，深瀨默然不語地搖了搖頭。

「他說最近不想來這裡，可見他真的嚇到了，早知道那天就讓他開車回去。」

「啊？」

原來谷原那天開車來市民運動場，但比賽後，大家一起去平時那家居酒屋吃飯時，他點的不是無酒精啤酒，而是普通的啤酒。大家都以為他打算把車子放在停車場，沒想到走出居酒屋時，他走向停車的市民運動場那裡。

「雖然他喝得比平時少，但不管喝多少，都是喝了酒。我們當然也察覺到為什麼他那天特地開車，但還是不能同意他這麼做，所以大家一起說服了他。」

雖然池谷沒有提名字，但可能想到了廣澤車禍的事。如果沒有這件事，他能夠說服谷原嗎？深瀨忍不住想，如果池谷當初也一起去斑丘高原，情況也許就不一樣了。話說回來，谷原還真不知道汲取教訓。深瀨怒不可遏，心跳忍不住加速。

「谷原為什麼開車來？」

「因為他打算送球隊經理的女生回家。我們球隊的成員幾乎都住在這附近，只有谷原和那個女生每次都搭電車來這裡。」

深瀨想起村井之前在谷原家時，也曾經說過類似的話。

「多虧那個女生說服，所以谷原最後決定搭電車回家。」

原來池谷和其他球隊成員勸不動谷原。

「那個女生說，如果谷原願意搭電車送她回家，可以請他去家裡喝咖啡醒腦。谷原聽了這種話，當然會說要搭電車回家啊。」

然後，他們一起走去車站，結果谷原被推下鐵軌。

「我可不可以向球隊經理的女生瞭解一下當時的情況？」

「沒有人知道她的電話。」

原來球隊經理的女生今年春天開始，不時在球場的角落看他們練習。個性輕浮的谷原主動上前打招呼，那個女生說，因為喜歡棒球，所以就擅自在這裡看他們練習。谷原當場請她擔任球隊經理，但是，當問她電話時，她露出有點為難的表情說，電話剛解約。谷原不肯罷休，說這年頭已經沒有人說這種謊了。那個女生低著頭，吞吞吐吐地說，不久之前，遇到變態跟蹤狂，所以谷原也只能作罷。

「那個女生很好，每個月會做兩次三明治帶給大家吃，但那件事之後，她就沒再來過，希望她不要覺得是因為她說要搭電車才會發生這種事。」

池谷發自內心為球隊經理擔心，但深瀨有不同的想法。是她把谷原推落鐵軌。

「不好意思，有一樣東西想請你看一下。」

深瀨從放在腳下的皮包裡拿出畢業紀念冊。

「喔，是誰的？」

池谷似乎很納悶，為什麼要突然看畢業紀念冊，但還是探頭看過來。深瀨沒有回答他問題，直接翻到五班的那一頁。

「這裡面有沒有你們的球隊經理？」

「啊？」

池谷一臉驚訝地看著深瀨，但立刻低頭看著畢業紀念冊，用手指指著學號，看著每一張照片。然後，他的手指停了下來。

「有了！」

深瀨雙手捂住了臉，緩緩聽著這個聲音。

深瀨坐在吧檯角落的老位子。

老闆不在，也沒有其他客人。一個月沒來幸運草咖啡店，好像闊別了半年或一年，但身體完全記住了皮膚接觸椅子和吧檯的感覺，久違的動作也完全沒有陌生的感覺。

今天晚上，深瀨包下了飲用區。他在打電話時還沒有想到要怎麼解釋這麼久沒來的原因，沒想到老闆娘一聽到他的聲音，就安心地嘆了一口氣說，真是太好了。

——我以為你以後再也不會來了，真的很對不起。

他完全不知道老闆娘為什麼要向他道歉。如果老闆娘得知他和美穗子分手（雖然他不願意這麼認為）的消息，為當初送電影票給他感到抱歉，就是天大的誤會。如果是之前，深瀨或許會莫名其妙地附和說，沒關係，但這幾個星期，他終於知道這樣無法瞭解彼此。

——我不知道妳為什麼要道歉，可以請妳告訴我嗎？

他把內心的疑問說了出來。

——呃，是跟蹤狂的事……

老闆娘說的話完全出乎他的意料。

——美穗子怕影響到我們店，所以沒告訴你嗎？有人去格林麵包店惹了不少事，想引起美穗子的注意，那個人是不時來我們店裡的客人，但我完全沒有察覺，他之前問我，坐在吧檯角落的那個客人叫什麼名字時，我把你的全名告訴了他。因為他說你曾經告訴他，他覺得再問很失禮。我一直很擔心，以為他對你做了什麼，所以你不再來我們店了……

——不，他並沒有對我做什麼。

——是嗎？真是太好了。

老闆娘似乎鬆了一口氣，說話的聲音也高了八度。深瀨告訴她，最近因為出差，所以很久沒去了，但他想包下飲用區一個小時。老闆娘說，他可以從傍晚用到打烊。深瀨再三道歉後掛上電話，但隨即感到不安。

跟蹤狂？他想起美穗子拿信出來時，好像曾經提到，有跟蹤狂會寫信、送禮物給在店裡打工的女生。因為美穗子似乎並沒有受害，所以他當時聽過就算了。該不會是自己犯下了天大的誤會？深瀨想起寄給美穗子的告發信是寄到格林麵包店。

那封說深瀨是殺人兇手的信，難道不是告發信，只是在惡搞嗎？如果沒有做任何虧心事的人接到這種信，只會一笑置之，把信揉成一團，丟進垃圾桶。應該只是這種程度的事而已，但深瀨因為心裡有鬼，所以把過去曾經犯下涉及殺人的行為和盤托出。

然後……雖然需要重回事件的原點，但深瀨已經和人約好了。在調查廣澤的人生後，找到了廣澤的女朋友。他覺得如果只是告訴對方，想要見她一面，可能會遭到拒絕。於是，他列舉了這幾天見過的人的名字，然後在電子郵件的最後寫道──

『我只是想瞭解，廣澤由樹是怎樣一個人。』

他無意指責對方是不是寄了告發信，是不是把谷原推下鐵軌。他祈禱著對方可以感受到自己的這種想法，願意來這裡和他見面。

即使深瀨包下了飲用區，老闆娘看到她出現，也不會向深瀨確認，就會讓她進來。門緩緩地打開了，越智美穗子走了進來。

美穗子在和深瀨的座位隔了一個空位的椅子上淺淺地坐了下來。她在坐下之前，瞥了深瀨一眼，然後就低下頭，沒有看深瀨的眼睛。美穗子身上發出淡淡的奶油香味，深瀨知道她仍然在格林麵包店，並沒有完全走出自己的世界，為此感到鬆了一口氣。

「要不要請老闆娘泡咖啡？」

深瀨問，美穗子默默地搖了搖頭。深瀨從腳邊的皮包裡拿出筆記本，輕輕放在美穗子面前。

「我希望妳看一下。」

筆記本的封面上並沒有寫標題，深瀨覺得不先說明裡面寫了什麼，美穗子才會願意打開。美穗子用指尖抓著咖啡色封面，緩緩翻開。

上面寫滿了以廣澤由樹開頭的句子。美穗子輕輕倒吸了一口氣，擡頭看著深瀨。深瀨不知道美穗子在想什麼，她露出好像隨時會哭出來，又好像隨時會發怒的表情，目不轉睛地注視著深瀨。

「我和妳……最後一次見面的晚上，告訴妳大學同學廣澤由樹的事，雖然我對他見死不救，卻還以為自己是廣澤最好的朋友，比任何人更瞭解他，比任何人更為他的死感到難過。」

美穗子垂下了眼睛，但她的視線直視著筆記本。

「但其實我對他一無所知，只知道和我在一起時的他，不，我發現即使他和我在一起時，我也從來沒有想過他的心情。直到看到那封說我是殺人兇手的告發信。不只是我而已，在我得知研討小組的所有成員都收到了告發文之前，我根本沒有發現自己對廣澤一無所知。」

美穗子一動也不動，但深瀨發現她的視線已經沒在看筆記本的內容。

「即使如此，廣澤仍然是我唯一的朋友，也許現在為時已晚，但我想瞭解廣澤，所以我去見了應該很瞭解廣澤的人，聽他們說廣澤的事，然後把所有的事都記錄下來，哪怕是再小的事，也全都寫下來。」

美穗子翻開了下一頁。那一頁上寫了密密麻麻的字，好像只要瞇起眼睛，就會浮現黑色的立體圖像。

「至於我見了哪些人，已經在電子郵件中告訴妳了。」

美穗子沒有回答，但她看著文字的視線不時停頓，可能發現了她瞭解的廣澤，也可能看到了她陌生的廣澤。

「我終於瞭解，人和人之間的關係並不是在一直線上，正因為複雜地糾纏在一起，才會發現我和淺見透過工作認識的人，剛好是廣澤的高中同學這種事。雖然這是極大的巧合……但我和妳在這家店相識，並不是偶然，對不對？」

停頓了幾秒後，美穗子輕輕點頭。

「我不知道妳先對誰下手，但妳試圖和廣澤同一個研討小組的四個人接觸，因為妳以某種方式瞭解到，廣澤的死因和我們有關。」

「不是。」

美穗子的聲音沙啞。她輕咳了一下，再度口齒清晰地說道：

「不是。我是在去年三年忌的法事時看到你們。無論是葬禮還是一年忌時，我都因為太痛苦，所以都無法參加。我和由……廣澤交往的事，除了古川以外，沒有人知道，但留在老家的同學透過聯絡網，用電子郵件通知了葬禮和法事的日期。就是岡本。」

深瀨也見過岡本這位排球隊隊長。

「法事之後，大家一起聚了餐，有點像是低調的同學會。我父母在我高中畢業時離了婚，我的姓氏也改了，我懶得向大家解釋，所以一直沒去參加同學會，但岡本說，大家來好好聊聊對廣澤的回憶，這不正是法事的目的嗎？所以我決定去參加。」

深瀨回想起岡本很有自信的身影想到，只要岡本發號施令，大家應該都會參加。

「參加同學會的成員中，有人從幼稚園開始就和廣澤讀同一個學校，在高中之前的事，大家都知道。曾經霸凌其他同學的男生在長大之後，也知道自己當年做錯了，他在反省之後說，像廣澤那樣，默默保護他人，才是真正了不起的人，我聽了真的很高興。」

深瀨點了點頭，不由得感到一陣鼻酸。

「但是，沒有人瞭解廣澤大學時的情況。我不由得想，早知道應該叫古川也一起來參加，就可以和大家分享廣澤的事。你或許會覺得，可以由我來告訴大家，但即使想像真的有人叫我說，我也想不到該說什麼。」

自己也一樣。深瀨深有同感，但他拚命克制為此感到高興的心情。

「沒想到岡本說，雖然他不太瞭解具體的情況，但廣澤的大學生活應該過得很開心。和廣澤同一個研討小組的同學來參加了葬禮和法事，那幾個人看起來人生都過得很充實，似乎很享受生活，所以廣澤也一定過得很開心。」

岡本也對深瀨說了相同的話，只不過他抹殺了深瀨的存在。廣澤的老同學中，也有人在海濱商務飯店工作，說聽到其中有人在某某物產工作，所以如果廣澤還活著，應該也會在類似的公司上班。雖然是美穗子主動談這些事，但她突然滿臉愁容。

「在廣澤快升上四年級時，我們的關係有點緊張。雖然我不太清楚其中的原因，但因為古川突然對廣澤說，不想繼續和他在一起，所以廣澤很難過。即使和我分手，我覺得他應該也不會這麼難過。」

「怎麼可能……？」

「你不是見過古川嗎？他說什麼？」

「他說想要讓廣澤自由……因為廣澤一直陪在他身旁。」

深瀨無法把古川告訴他的話全都告訴美穗子，但這句話應該可以表達一切。相反地，他很想馬上告訴古川，在你離開之後，廣澤很難過。這代表不光是你很依賴廣澤，廣澤也很依賴你。

「古川太厲害了，果然比我瞭解廣澤好幾倍。他知道廣澤想去哪一個國家嗎？」

「不……」

深瀨是從廣澤的父親口中得知他想出國旅行，古川沒有提起這件事，深瀨當然也不知道。

「是喔。廣澤不是很老實嗎？好像會要求自己和初戀情人一直廝守到老，雖然我從來沒有問過他類似的問題，但他曾經向我保證，絕對不會外遇，所以我理所當然地認為自己會嫁給他。沒想到，有一天他突然說，想出國旅行一陣子……咦？那我呢？我覺得好像一下子被推出了他的世界。不，我那時候才發現，他雖然讓我留在他身旁，但沒有讓我進入他內心。」

美穗子重重地嘆了一口氣。深瀨也有同感。雖然他想要說出口，但還是把話吞了下去。因為自己和美穗子有著決定性的不同。

「我口渴了……可以嗎？」

美穗子有所顧慮地從皮包裡拿出水壺，把茶倒在也是蓋子的杯子裡，咕嚕咕嚕兩口就喝完了。「你要嗎？」她問。深瀨遲疑地點了點頭，美穗子把茶倒進同一個杯子，遞到深瀨面前。深瀨無法把握和美穗子之間的距離。她不是憎恨自己嗎？但又覺得她向自己敞開了心房，所以才會和自己聊這麼多心裡話，才會把剛才喝過的杯子遞給自己。但是，美穗子踏進這家店之後，臉上就不曾露出過笑容。

「謝謝……」

深瀨接過杯子，一口氣喝完了，放在吧檯上兩人正中間的位置。那是微溫的洋甘菊茶，留在鼻子深處的香氣讓心情放鬆。

「你知道廣澤不喜歡洋甘菊嗎？」

深瀨搖了搖頭，他和廣澤沒有一起喝過花草茶。

「他說有草的味道。我抱怨說，應該有更好的比喻吧，而且有放鬆效果。他說那就是他的感覺，所以也沒辦法，但他並不討厭這種香味。也許聽到他說要出國時，我也應該像花草茶的事那樣追問他。你要拋下我，自己一個人去嗎？我可以等你嗎？我可以跟你去嗎？只要我輕鬆地問他，他應該也會輕鬆地回答我。」

「只有對自己有自信的人，才能夠輕鬆地問別人。換成是我，會因為太害怕而問不出口。」

「但是，阿和，換成是你，應該不會生氣，對嗎？」

雖然知道現在時機不對，但聽到美穗子叫自己「阿和」，還是感到高興。

「說起來很丟臉，我父母因為我爸爸不工作的關係而離了婚，所以我認定畢業後如果不工作，就是無意結婚，只想到自己，不為他人著想。於是我對他說，如果他畢業後不工作，我們就分手。」

啊啊。深瀨感到就像是自己夢想出國去看看，結果卻不得不面對這種殘酷的選擇，忍不住垂頭喪氣。廣澤一定會向美穗子道歉。

「他向我道歉，說自己會去工作。」

果然沒有猜錯。

「之後我們也照常見面，照常聊天，但我覺得他不再對我說真心話，只說一些表面的話。即使一起笑的時候，我也覺得他只是在配合我。和他之間的距離，比他真的出國更遙遠。」

今天來幸運草咖啡店之前，深瀨曾經在想，既然古川覺得自己配不上美穗子，那自己也配不上美穗子。兩個人的顏色不同，屬於不同的世界。古川立刻發現了這件事，但自己真是太傻太天真，和美穗子交往了三個月，竟然完全沒有感覺到任何不自在，他為自己的愚蠢感到可笑。自我評價未免太高了。但是，他現在覺得美穗子和自己的顏色相同。

廣澤隨時在身邊時，覺得很理所當然，但在產生距離之後，才發現自己多麼需要廣澤，多麼想和他在一起。

他發現自己喜歡的女人在談論另一個男人，自己卻完全沒有任何嫉妒。他以為是因為廣澤已經離開人世，但其實並非如此。因為他發現美穗子說得越多，她的心情和自己的心情就越來越同化。

自己和美穗子有著相同的心情。既然這樣，她想和廣澤研討小組成員見面的理由應該也相同。

「我原本以為妳找上我們四個研討小組的成員是為了復仇，當然，這可能也是原因之一，但是，我想最大的理由應該是想瞭解廣澤，想要知道他和妳不認識的朋友是怎麼相處的，他們眼中的廣澤是怎樣一個人，妳只是想知道這一切，如果可以，也希望瞭解包括最後一天的情況。」

美穗子靜靜地點了頭，當深瀨問她用什麼方式分別和四個人接觸時，她再度喝了洋甘菊茶潤了潤喉，然後淡然地告訴了他。

「什麼？妳去找淺見？」

廣澤不時和美穗子聊起研討小組的成員。

美穗子告訴廣澤，之前去只有在東京求學的女生能參加的聚會時，聽到進入橫濱女子大學的木田瑞希說，她想成為高中老師。因為瑞希和廣澤在三年級時同班，而且瑞希能言善道，還曾經把老師逗哭了，所以覺得很有趣，但話還沒說完，就想到這是關於找工作的事，忍不住有點後悔。幸好廣澤並不在意，他告訴美穗子，研討小組的淺見也想當老師，只不過聽說現在學生人數減少，教師的錄用人數也減少，所以越來越難了，但他一定沒問題。

於是，美穗子就在刊登了教師錄取名單和人事異動的報紙上尋找淺見的名字，發現淺見第一次考試就順利錄取，並得知他在縣立楢崎高中當老師。雖然過了兩年，但是，當她偽裝成畢業生打電話到學校時，得知淺見還在那裡。她抱著僥倖的心情寄信到學校，說想知道廣澤的情況。淺見立刻回信給她，也願意和她見面。

當淺見問她和廣澤的關係時，她無法很有自信地回答說是廣澤的女朋友，只說是親戚。淺見問她，是愛媛的親戚嗎？她立刻回答說：「叔叔和嬸嬸拜託我。」淺見立刻皺著眉頭道歉說，很抱歉讓廣澤在那種天氣、在山路上開車。

聽到淺見說，如果自己沒喝酒，就可以開車去車站接人，發生那起車禍之後滴酒不沾時，她無法說她想聽的不是這些事，只能安慰他說，請他不必放在心上。

在聊著教師的工作很辛苦的同時，美穗子問了淺見研討小組其他成員的近況。

——之前已經向伯父他們報告過了。

——聽說是在商社？我想知道的不是這些一板一眼的事，而是和由樹是否有共同的興趣愛好，或是你們是否經常見面這些開心的事。

於是，美穗子順利打聽到村井、谷原和深瀨的工作地點和興趣，著手進行接觸的準備。

美穗子決定和另外三個人不要用想瞭解廣澤的情況這個理由約定見面，而是採取完全不同的策略，偽裝成巧遇的方式接近，自然而然地聊起學生時代的一個朋友，打聽廣澤的情況。就不會像淺見那樣，只能見一次面而已，可以藉由多次見面，瞭解到廣澤和車禍無關的真實樣子，相反地，也可以深入瞭解廣澤到底交了怎樣的朋友。

村井父親主辦音樂會時，美穗子主動報名當義工；去參觀谷原棒球隊的訓練，同時出入深瀨經常造訪的咖啡豆專賣店——

原來淺見是因為美穗子曾經去找他，所以擔心告發文可能出自廣澤的父母。他可能很猶豫該不該告訴大家。不過……

「妳該不會也和他們交往？」

「沒有！」

深瀨戰戰兢兢地問出內心的疑問時，美穗子斬釘截鐵地回答，而且很生氣。

「我並沒有和每個人交往。雖然我不知道該如何提起廣澤的事，但我發現你們都很坦率直爽，都是好人，所以覺得即使不問也沒關係。我相信廣澤和你們在一起也很開心，更慶幸他的最後一天是和你們一起度過。雖然我也因此下定了決心回老家，但有一個人讓我想要繼續和他在一起，所以就留了下來。」

美穗子畢業之後，在學生時代打工的麵包店工作，但是，她對一個人在這裡生活感到疲累，決定回老家。在廣澤三年忌的法事時看到同學的態度和之前不一樣，覺得回老家也是不錯的選擇。她在去年年底辭去了工作，決定瞭解廣澤生前的情況後，春天就回老家。由於之前租的房子是公司的宿舍，所以她開始找可以短期租賃的房子，最後在深瀨每天報到的幸運草咖啡店那一站附近找到了房子。

「為什麼住在離我這麼近的地方？」

「因為你很特別……」

深瀨聽不懂她這句話的意思。當初她在找房子時，應該只見了淺見而已。

「因為你是廣澤……由樹特別的朋友。」

深瀨在腦海中一次又一次重複美穗子的話。特別的朋友。不久之前，他還對此深信不疑，但美穗子的話無法進入他的腦袋中心。怎麼可能有這種事？好像築起了防護牆，把這句話彈回去，又好像在自我保護，避免自己受到傷害。

「不必再說這種同情的話。」

這只是事後牽強附會的理由。真正的原因，只是因為這一帶的房租便宜。深瀨告訴自己。

「因為這是由樹說的。」

美穗直視著深瀨。

「由樹曾經說，自己很空洞，雖然想要把自己裝滿，卻不知道該裝些什麼。雖然棒球和排球都很有趣，但總覺得無法把自己填滿，可見並不是那麼喜歡。看到周圍人全心喜愛地投入，就為自己和他們做相同的事感到抱歉。雖然他沒有發自內心討厭的人，但應該也不可能遇到很喜歡的人……沒想到，後來真的遇到了讓他覺得在一起很舒服自在的人，以前是古川，現在是一個叫深瀨的同學。」

深瀨的視線模糊起來。好像有什麼東西從內側壓迫眼球，隨時想要噴出來。雖然是眼淚，但除了眼淚以外，還有什麼漸漸滿溢，想要衝破身體。越來越滿，幾乎要把眼球都擠出來了，他立刻張開了嘴巴。其中一部分找到了新的出口後，立刻衝了出來。

「廣澤！」

他趴在吧檯上，同時吐出了眼淚和叫喊聲。和廣澤共度的日子從車禍那一天開始高速倒轉，那些愉快的日子……

當後背的顫抖漸漸平息，他在後背上感受到掌心的溫度。美穗子坐在剛才特地空出來的座位上，溫柔地撫摸著他的背。

「我奪走了妳重要的人，妳為什麼還可以這麼做？」

深瀨趴在吧檯上問道。美穗子沒有回答，但她的手仍然放在深瀨的背上。

「說我是殺人兇手的那封信只是惡作劇，我卻把廣澤車禍的事和盤托出。明知道他不能喝酒而讓他喝了酒，明知道他剛考取駕照不久，卻仍然讓他在那麼惡劣的天候下開車走山路。我無法想像妳帶著怎樣的心情聽我說這些事，但是……」

深瀨擡起頭，用握拳的手背擦著眼淚，直視著美穗子。

「我能理解，妳痛恨我是理所當然的，所以妳對其他人做了相同的事。」

美穗子輕輕點了點頭，她的眼中沒有後悔。

「因為我無法原諒。」

「所以想要殺人嗎？」

美穗子用力搖了搖頭。

「我無法原諒你們好像什麼事都沒有發生過的態度，所以想要讓你們回想起這件事。」

「像我一樣？」

美穗子垂下了眼睛。

「沒有人忘記。」

「但是，谷原他！」

竟然讓她承認了這件事。深瀨用力閉上眼睛。他無意責怪美穗子。他從池谷口中得知谷原想要酒駕時，內心怒不可遏。即使這樣，也無法肯定美穗子的行為。

「妳和谷原之間發生了什麼事？」

「……在月臺等電車時，他說了很過分的話。我們到月臺時，電車剛好開走，他說早知道還是應該開車回家，於是我就問他，聽說他朋友發生了車禍，難道他不會擔心嗎？」

深瀨可以想像他們兩個人站在月臺上的樣子。谷原應該心情特別好，一定不曾試圖仔細看美穗子的眼睛深處。

「他說，那個時候他還沒駕照，所以以為開山路很危險，但現在喝這點酒根本沒問題，重要的是反應能力夠不夠快。話說回來，那傢伙棒球打得很好，所以啊，就是運氣太差了。」

深瀨想像著自己從谷原身後用力把他推下鐵軌。不，如果不這麼做，握緊的拳頭就無法停止顫抖。美穗子當時也應該在顫抖。

「我在腦袋裡數著數，努力告訴自己鎮定、鎮定。因為由樹之前說，他打棒球很開心，稱讚谷原個性直爽，很會照顧人。我告訴自己，谷原只是逞強。沒想到谷原對我說，對不起，讓妳擔心了，然後就想要抱我……」

「但是，谷原好像並不覺得是妳把他推下去的。」

「因為他喝了不少，而且明明是我推他下去，事後卻大聲叫著救命、救命。」

「……幸虧他沒死。」

深瀨嘆著氣嘀咕道。美穗子緊閉雙唇，低下了頭。

「我不是這個意思，」深瀨把手放在美穗子肩上，「我是慶幸妳沒有成為殺人兇手。」

美穗子的表情稍微放鬆了，但她似乎知道一旦完全放鬆，眼淚就會流下來，所以在最後關頭撐住了。

「你覺得我該怎麼辦？」

「我和研討小組的成員都一樣，美穗子，妳怎樣才會原諒我們？」

「雖然我做了很過分的事，現在說這些有點為時太晚，但我沒有權利決定這件事，因為我不是由樹的什麼人。」

「沒這回事，妳為什麼沒有發現？廣澤向來只接受別人給他的東西，接受主動靠近他的人，但他主動去找妳，妳是他唯一追求的人。」

美穗子用手捂住了臉。眼淚和嗚咽從雙手的縫隙流了出來。

「像我這種人、像我這種人……」

深瀨戰戰兢兢地撫摸著美穗子的後背，然後突然想到，之前聽古川說，廣澤和美穗子在高中時代並沒有太多交集，廣澤為什麼會喜歡美穗子？

「廣澤當初是怎麼追求妳的？」

「他說……希望可以再一起喝罐裝咖啡。」

美穗子幽幽地說起高中時代某一天發生的事。

那是二年級初秋的某一天，騎腳踏車上學的美穗子遲到了。因為父母在深夜吵架，她難過得難以入睡。當她騎到海岸大道，離學校還剩兩百公尺的紅綠燈時，遇到了同班的男生廣澤。雖然之前沒有說過話，但發現了一起遲到的人，於是就問他是不是睡過頭了。廣澤回答說，因為前面在修路，所以路不通。聽廣澤這麼一說，美穗子才發現他不知道是繞了遠路，還是一路騎得很快的關係，雖然只是騎車上學，但他好像跑完馬拉松般上氣不接下氣。

——要不要喝罐裝咖啡？不，其實不喝咖啡也沒關係，只是我不想在上課時進教室，再蹺課二十分鐘吧。

美穗子對廣澤說，廣澤回答說，好啊。雖然並沒有顯得很高興，但也沒有不高興。他們過了紅綠燈，向學校的方向騎五十公尺的地方有一個公車站，那裡有自動販賣機。廣澤投了零錢後，離開自動販賣機前，對美穗子說，請吧。美穗子說她自己出錢，廣澤說，他雖然不是有錢人，但有很多零錢，於是美穗子按了熱咖啡的按鈕。廣澤也買了和美穗子相同的咖啡，兩個人站在一起喝了起來，但並沒有聊什麼印象深刻的話。

這是我今年第一次喝熱咖啡。我也是。差不多就只是聊這些而已。

聽到下課鈴聲，他們丟棄已經喝完的空罐，騎上腳踏車，騎到大門後，相互道了聲「一會兒見」，走向腳踏車停放處。

「就只是這樣而已。」

「這樣就足夠了。如果回憶可以剪下來出售，我想要占為己有。」

美穗子輕輕點了點頭。不知道美穗子是否允許自己代替廣澤，出現在當時的場景中，不，自己想要加入他們。深瀨想像著還在讀高中的自己手拿咖啡，睡眼惺忪地揉著眼睛的樣子。昨天買的書超好看，我看到天亮……

「雖然其他三個人應該會反對，但我想把真相告訴廣澤的父母。」

「會不會反而傷害他們？姑且不論能不能獲得原諒，懺悔的一方心情會比較輕鬆，但接收這些沉重壓力的人該怎麼辦？」

聽到美穗子這麼說，深瀨順從地點著頭。他也覺得這麼做是一種逃避。如果是廣澤……

廣澤由樹希望自己怎麼做？

假設今天是深瀨死了，廣澤身處深瀨目前的立場，他到底會怎麼做？

他伸手把放在美穗子面前的筆記本拿了過來，試圖從中尋找答案。

「首先要把這本筆記本寫滿，因為曾經和廣澤有過交集的人還有很多很多。他之前曾經打過工，包括研討小組的教授在內，我還沒有去找過廣澤的任何一位老師，也不知道廣澤想去哪個國家。我總覺得用這種方式見到廣澤之後，他會告訴我答案。」

「可以讓我一起寫嗎？」

美穗子把手放在筆記本上。

「當然可以。」

深瀨把自己的手放在美穗子的手上，緊緊地握住。

「我請老闆娘泡咖啡。」

終章

深瀨去飲用區請老闆娘泡咖啡，收銀臺內的老闆娘一臉擔心地看著深瀨。你和美穗子怎麼了？就這樣啊。深瀨露齒一笑，老闆娘笑了笑，鬆了一口氣說：「太好了。」

「請給我們兩杯咖啡。」

「瞭解。」

老闆娘對深瀨敬了一禮，深瀨在老闆娘的目送下回到飲用區，發現美穗子攤開了筆記本，正在寫什麼。他坐在美穗子身旁，好奇地探頭看著筆記本。

『廣澤由樹不喜歡洋甘菊。』

『廣澤由樹比起黃色的福神菜，更喜歡紅色的福神菜。』

美穗子擡起頭。

「都是一些無足輕重的事，而且我只想到食物的事。」

「沒關係，我也寫了蜂蜜吐司的事，但反而不知道他不愛吃什麼，如果妳知道，記得寫下來。」

「討厭的食物……我想到了！」

美穗子在筆記本上寫了起來。

『廣澤由樹不能吃蕎麥麵。』

美穗子放下了筆。

「啊？是這樣嗎？」

「你不知道嗎？他對蕎麥過敏。你不是說，去斑丘高原時，只有由樹吃咖哩嗎？」

「不，我一直以為他是想吃咖哩，原來他是顧慮到我。」

深瀨特地查了蕎麥麵店，如果廣澤說他因為過敏無法吃，深瀨就會因為自己不知道這件事而感到沮喪，谷原和淺見也會改變主意，說一起去吃咖哩。

「借我一下。」深瀨拿過筆和筆記本。

『廣澤由樹根本不空洞。』

『廣澤由樹高大的身體內裝了滿滿的溫柔體貼。』

深瀨和美穗子相互凝望，正想再度握手，門用力打開了。老闆和老闆娘一起走了進來。

「重要的時候，當然要請我老公來泡咖啡。」老闆娘說道。

「好久不見。」老闆對深瀨和美穗子笑了笑，他們夫妻兩人一起走進了吧檯。深瀨闔上筆記本，將一隻手的手肘架在吧檯上。多久沒有看老闆泡咖啡了？深瀨忍不住想道。不，正確的天數並不重要，重要的是這樣的日子再度來臨，他希望珍惜此時此刻。

老闆用手工磨豆機仔細地磨著剛烘焙好的巴西咖啡豆，放進了德國製的濃縮咖啡機。老闆娘彎著腰，不知道在窸窸窣窣忙著什麼。隨著「咻」的一聲加壓的聲音，濃醇的咖啡開始滴入白色小咖啡杯，深沉的香氣瞬間擴散。深瀨用力吸著香氣，渾身舒暢，腦袋也從內側開始放鬆。

「請用。」

老闆把第一杯濃醇的濃縮咖啡放在深瀨和美穗子面前。富有光澤的琥珀色咖啡令人賞心悅目，他把鼻尖湊近杯子，感受著香氣的深處後喝了一口。

「太讚了，還是這裡的咖啡最好喝。」

他感到全身好像融化了。美穗子也把咖啡含在嘴裡，細細品嚐。

「聽你這句話，顯然曾經移情別戀。」

老闆娘笑著說道，把一個籐籃放在深瀨和美穗子中間。籐籃內有一排小瓶子。

「第二杯請加熱水，然後再搭配這個。」

「可以嗎？」

深瀨窺視著老闆。正在準備第二杯的老闆表情很嚴肅。

「不瞞你說，我老公比我更迷這種喝法。雖然我原本以為他會說，咖啡加蜂蜜根本是歪門邪道。」

「有各種不同的搭配方式，學問太深奧了。」

老闆磨著印尼咖啡豆說道。原來如此，印尼的咖啡豆酸味較低，搭配蜂蜜應該很好喝。

「所有的種類都不一樣嗎？」

美穗子拿起其中一個小瓶子問道。不知道是否是從大瓶蜂蜜分裝的，小瓶子上沒有貼標籤，但每個瓶子上都貼了直徑一公分、不同顏色的圓形貼紙。
「對啊，我老公在網路上從全國各地訂購的。」
「好厲害，顏色也都不一樣。」
美穗子從籃子裡拿出瓶子，排在吧檯上，然後把六瓶蜂蜜的顏色由深到淺重新排好。
「顏色最淺的是櫻花嗎？」
深瀨問。老闆娘從圍裙口袋裡拿出小抄看了一下。
「答對了，深瀨，你真厲害。」
美穗子也滿臉佩服地看著深瀨，似乎好奇他怎麼知道。因為這是之前和古川一起吃蜂蜜吐司時的蜂蜜相同，說出來就等於承認自己曾經「移情別戀」，所以他只是抓了抓頭。
「請喝。」
老闆把第二杯咖啡放在他們面前，正常尺寸的咖啡杯內是加了熱水的濃縮咖啡。這種咖啡有泥土的香氣。
「你要加哪一種？」
美穗子問深瀨。
「聽聽老闆有什麼建議。」
深瀨回答說。老闆看著吧檯上那一排小瓶子說：「最旁邊深色的那瓶。」那是好像把咖啡做成果凍般深褐色的蜂蜜。

「顏色很難得一見吧，味道也很有個性。」

老闆娘遞上小茶匙，美穗子先舀了一小匙，但沒有加入咖啡，直接放進嘴裡。

「真的耶，如果不說是蜂蜜，會以為是熬煮的焦糖。阿和，你也先嚐嚐。」

美穗子把瓶子遞給深瀨，他用小茶匙舀起後嚐了嚐，發現並不是第一次品嚐這種味道。剛才看到顏色時就想到這件事，果然和他在斑丘高原路邊買的蜂蜜有相同的味道。他的舌頭仍然記得當時嚐了一口，就覺得和咖啡很合。

「深瀨，你知道這是什麼蜂蜜嗎？」

老闆娘問。深瀨雖然記得味道，但不知道是什麼植物。因為當時的瓶子上也沒有寫。

「不知道，有樹液的味道，所以是樹上開的花……蘋果嗎？」

「答錯了。正確答案是……蕎麥的蜂蜜。」

老闆娘開心地說道。

蕎麥。

真的很少見耶，原來還有蕎麥的蜂蜜——美穗子的聲音好像音量被關小了，漸漸遠離。

蕎麥、蕎麥、蕎麥——

深褐色黏稠的液體在深瀨的腦海中旋轉，那天晚上的景象倒轉回來。

——那我去。

廣澤決定去接村井。深瀨走去廚房為他準備咖啡。將用濾袋滴濾的咖啡裝進保溫杯，因為廣澤喜歡吃甜食，所以深瀨加了大量白天在路上買的深褐色蜂蜜後充分攪拌，蓋上了保溫杯的蓋子。

——這個給你。

他把保溫杯遞給坐在門框上綁鞋帶的廣澤。

——你為我泡了咖啡嗎？

——對不起，我只能做這點事。

廣澤伸出大手接過杯子，打開飲用口，瞇眼聞著香味後，啪的一聲關上杯蓋。

——開車的人真占便宜，謝謝啦。

說完，他站了起來，打開了厚實的木門，冷風呼呼地吹了進來。

——路上小心。

廣澤舉起拿著保溫杯的手，對深瀨露出微笑。

廣澤最後說的那句話縈繞在深瀨的耳邊。

——那我走了。

原來……是我殺了廣澤。

國家圖書館出版品預行編目資料

反轉 / 湊佳苗著；王蘊潔譯. -- 初版. -- 臺北市：皇冠, 2017. 02
面; 公分. --(皇冠叢書；第4597種)(大賞；94)
譯自：リバース
ISBN 978-957-33-3282-4(平裝)

861.57　　105025298

皇冠叢書第4597種
大賞｜094

反轉
リバース

作　　者—湊佳苗
譯　　者—王蘊潔
發 行 人—平雲
出版發行—皇冠文化出版有限公司
臺北市敦化北路120巷50號
電話◎02-27168888
郵撥帳號◎15261516號
皇冠出版社(香港)有限公司
香港上環文咸東街50號寶恒商業中心
23樓2301-3室
電話◎2529-1778　傳真◎2527-0904
總 編 輯—許婷婷
美術設計—王瓊瑤
著作完成日期—2015年
初版一刷日期—2017年2月
初版六刷日期—2020年11月
法律顧問—王惠光律師

讀者服務傳真專線◎02-27150507
電腦編號◎506094
ISBN◎978-957-33-3282-4
Printed in Taiwan
本書定價◎新臺幣320元/港幣107元